上海的美麗時光

陳子善 著

代序 迪昔辰光

劉紹銘

　　除非你是陳子善教授的同鄉，《迪昔辰光格上海》（現名《上海的美麗時光》）這個書名，想你會摸不著頭腦。「迪昔辰光」是滬語，説的是「那個時候」。這是一個老上海戀戀家園的心影錄。集內文字緣起於上海《東方早報》一個叫「上海羅門生」的專欄，一週五篇，五人輪流執筆。陳子善以此心懷鄉土，寄意桑梓，上世紀二、三十年代的春申舊事奔流眼底。

　　懷舊轉眼成追憶。追憶有時跟憑弔分不開來。聖瑪麗亞（St. Mary's Hall）是上海早期的教會女子中學，數度遷移，最後在白利南路（現在的長寧路）建了新址。今天的東華大學長寧校區，就座在這裏。張愛玲初中和高中都是在這裏念的。

　　陳子善因張愛玲才想到St. Mary's Hall的存在。他曾多次在那裏尋訪張小姐的足跡，喜見校園建築如小教堂仍然存在。我們的華東師範大學教授「身處校區之中，春風拂面，『思古之幽情』油然而生，彷彿時光倒流，少女張愛玲真的會從教室向你走來。」

　　〈聖瑪麗亞女校〉這篇文章發表於2004年2月25日。作者每次走訪「春風拂面」的校園時，就擔心這

i

些房子有朝一日會被無情的推土機鏟平。張愛玲應是聖瑪麗亞女校最知名的校友。陳教授滿以為在朝衰衰諸公中會有「張迷」，因念舊情把St. Mary's Hall列為歷史文物保存。誰料「無情的事實卻是再過三個月，這所有紀念和保存價值的教會女中原址真的要從上海地圖上永遠消失了。」此文見報時距今已兩年。聖瑪麗亞女校如今塵埃落定。「張迷」要一睹她母校當年的風貌，只有看照片憑弔了。

陳子善筆下的舊上海，風雨故人情，有些篇章，香港人在「後天星」時期的今天讀來別有一番滋味。他在〈重繪文學上海的地圖〉說到自己原有「夢想」，要發奮繪製文學上海的詳盡地圖，「展示上海在中國近現代文學史上無可替代的重要地位。」他這個鴻圖大計，想是因一次英倫遊引發出來的。原來英國的皇家藝術協會1867年為了紀念拜倫，在倫敦詩人出生的哈爾斯街嵌裝了一面文化名人的藍徽章。這傳統一直留存下來。今天單是倫敦一地的街頭，已嵌裝了七百多面藍徽章。陳教授說上海的文化雖然不如倫敦悠久，但也有一百多年歷史了。接著他列出長長的一個新文學名人榜，他們都是在上海居住過，在上海文壇「大展身手」過的。魯迅、巴金、茅盾、胡適、徐志摩、郁達夫、錢鍾書外，當然還有張愛玲。

上海在加速成為現代國際大都市的前提下，若要把這些名人故居一一保存下來，哪有空間起高樓、宴賓客？難怪陳教授自己也說繪製上世紀至今的文學上海詳盡地圖，僅是他個人的「夢想」。

二〇〇七年二月十一日

自序

　　我是在上海出生的。父親是上海紀王鎮人，母親是上海引翔港人，如要追溯，大概他們兩家三代以上都已在上海灘繁衍生息。因此，按時下流行的説法，我是較為「正宗」的上海人，以區別於雖生於上海父母籍貫卻不是上海的非「正宗」的上海人，也區別於改革開放以來雲集上海拼搏奮鬥的「新上海人」。誠然，上海是移民城市，我的祖先應該也是從內地遷居上海的，但家譜（如果有的話）早已失傳，這段可能頗為複雜的家族史也就湮沒不彰了。

　　我自小在上海長大，從五十年代到八十年代，經歷了每個大陸同代人都曾經歷的風雨滄桑，從「三面紅旗」到「三年自然災害」到「學習雷鋒」到「文革」驟起到粉碎「四人幫」到改革開放，等等。其間除了到「紅太陽升起的地方」──江西井岡山地區插隊落戶六年，除了八十年代以後數次短暫的訪學英美和日本，我一直在上海生活、學習和工作，真可謂生於斯，長於斯，歌哭於斯，哀樂於斯了。毫無疑問，我對上海有著極為深厚的感情，在這長達一萬八千多個日日夜夜裏所發生的有趣或無聊的事，平淡或奇特的事，將來如果有時間，有興趣，是很可以寫一部個人回憶錄的。

不過，這本《上海的美麗時光》（又名《迪昔辰光格上海》）所講述的可不是我自懂事以後所知道的上海，所記憶的上海，而是更早的我尚未出生之前的上海，確切的說，就是上個世紀三十年代前後的上海，而且是文學的上海，文化的上海，而不是別的。

上個世紀三十年代的上海被譽為「遠東第一大城市」，「東方的巴黎」，她在當時中國政治、經濟和文化生活中所處的地位真是舉足輕重，特別是當時的上海市中國的文化中心，無論文學藝術還是新聞出版，都執中國文化界的牛耳，這早已成為中外「上海學」界的共識。如果不是日本侵華戰爭爆發，三十年代以後的上海在中國現代文化史上一定會扮演更為重要更為精彩的角色。當然，歷史不能假設。但三、四十年代上海文化態勢和文學藝術生產的方方面面，形形色色，對從事中國現代文學研究的我來說，顯然具有特殊的吸引力，這也就是為什麼我對這一時期的上海情有獨鍾，特別關注的原因。

2003年秋天，上海《東方早報》專欄版編輯康華小姐找到我，說要開闢一個談老上海的新專欄，約我加盟。她是我的碩士生，剛接編《東方早報》專欄版，理應給予支持。後來我才知道這個專欄定名「上海羅生門」，由倪文尖、倪偉、包亞明、李天綱和我五人合作，一週五天，每人一篇。五人之中，他們四位都是上海人文社科學界青年學者中的佼佼者，思想文筆都十分了得，有的本來就是上海史專家。而我年齡最大，文思也最為枯澀，只能「倚老賣老」，勉為其難了。不久，李天綱兄因故退出，「上海羅生門」五人組只剩下四位，幸好康華用筆名「客串」助陣，專欄才得以順利繼續。

　　之所以把專欄定名「上海羅生門」，是別有深意在的。日本作家芥川龍之介的小說《羅生門》和大導演黑澤明主要根據這篇小說改編的同名電影，都是膾炙人口的名作。《羅生門》情節的弔詭，主題的多義，四個不同的引發人多種想像的結局，堪稱文學史和電影史上的經典。凡文學和電影愛好者，想必都很熟悉。上海是海，是深不可測、變化無窮的大海，若要較為深入、新穎地討論上海的成長變遷，討論其中縱橫交錯的權力／文化／記憶的關係，用「羅生門」來喻其詭譎複雜，真是再恰當不過。

　　「上海羅生門」的主持者對專欄有明確的要求，那就是「上海開埠一百六十餘年來，這個大都市和全球地域政治經濟格局的關聯，應該是這個專欄的內在命題。但外在的表現也許只是一些文化現象、歷史鉤沉、邊緣人物或者城市即景，這不僅僅出於可讀性或者規避風險的考量，也因為文化、生活方式本身同樣豐富而重要，而它相對曖昧模糊的一面則提供了更多的闡釋空間」。對此，我深以為然。我和其他幾位專欄作者各有各的專業和興趣，各有各的風格和見解，我們只在自己所專攻的，最多也只能擴大到與其相關的範圍內發表己見，我們不會也不想對陌生或未知的領域輕率發言。

　　就這樣，從2003年秋到2004年春末，我總共撰寫了二十八篇「上海羅生門」專欄文字，最後一篇〈上海賦〉因這個專欄已經完成歷史使命而移入別的專欄才得以發表。它們所涉及的內容，不外對三、四十年代上海文學、藝術、影劇等方面鮮為人知的人物、書刊、事件和日常生活場景的查考，對保護上海文藝界名人故居等文化遺產的建議，以及對近年上海「懷舊熱」和現代化進程中所產生的一些問題的

批評。現在就把它們作為本書的第一輯,發表時由於篇幅和其他各種原因被刪節的字句和段落均予以恢復。

在撰寫「上海羅生門」專欄文字前後,我還撰寫了一系列長長短短討論三、四十年代上海和八、九十年代上海文學和文化問題的文章,包括相關的序跋、書評和訪談,有些是對「上海羅生門」言猶未盡部分的補充、引申和發揮,現在也把它們集中在一起,以「文化上海」名之,作為本書的第二輯。

「迪昔(張愛玲寫作「迭昔」)辰光」是上海話,意為「那個時候」,並帶有些許懷念的意味。「迪昔辰光格上海」即「那個時候的上海」。這裏主要是指上個世紀三、四十年代的上海,也包括了上個世紀八、九十年代的上海,那個時候的上海距今已有一、二十年,也已成為歷史了。對上海的城市記憶和言說,無疑也應包括這段歷史在內。

其實,任何對上海的回憶和懷舊,都不是單純的「發思古之幽情」,都是針對著當下的,都是把過往作為一個參照,試圖對照、比較、探討和解決當下的問題。但我不喜歡空泛的發議論,我喜歡研究具體的問題。我這些專欄的或非專欄的文字都是從個案切入,通過具體問題的探討辨析,來把握上海過去和現在的文化空間,來重繪上海的文學和文化地圖。我自以為多少有些發掘,多少有所反思,也可能會誘發對上海都市/社會/文化/人的未來想像和深度思考,到底做得怎樣,那就有待廣大海內外讀者評判了。

「迪昔辰光格上海」是異常豐富的,是十分迷人的,我只是回顧和描述了文學和文化方面的一小部分,遠非全部;即便是文學和文

化方面，也還只是一小部分，遠非全部。「迪昔辰光格上海」是一個
開放的話題，是可以而且應該從各個不同的角度不斷言說的，上海的
「美麗時光」永遠說不完。

　　感謝出版這本小書的蔡登山兄和臺北秀威資訊科技公司，也感謝
為本書插圖花費不少時間和精力的華東師大中文系博士吳志峰君。

　　是為序。

2005年7月30日於海上梅川書舍，

2008年7月17日改定

目錄

下編　文化上海

上海羅生門

脂粉的城市

　　讀過茅盾《子夜》的想必記得開頭那一章著名的描寫。吳老太爺從閉塞的鄉下到「十里洋場」的大上海，被滿街的車水馬龍、燈紅酒綠熏得暈頭轉向，「機械的噪音，汽車的臭屁，和女人身上的香氣，霓虹電管的赤光──一切夢魘似的都市的精怪，毫無憐憫地壓到吳老太爺朽弱的心靈上」，最後弄得他老人家心臟病發作，一命嗚呼。

　　其實，豈只有《子夜》著力刻畫「異常濃郁使人窒息的甜香」，「兜頭撲面的香氣」使吳老太爺的腦筋「快要炸裂」，描寫上個世紀三十年代上海摩登男女的高手，像劉吶鷗、穆時英、施蟄存、黑嬰等各位，也都在作品中不約而同、不同程度地寫到這座遠東大都市的「脂粉氣」。當然，這是小說的渲染，文學的手法，真實情形又當如何？

當時有一位名叫劉克美的，曾對1932年至1934年間上海的香水、脂粉等化妝品消費作過一番統計，頗有意思。據劉克美提供的資料，1932年進口化妝品總值1,774,780元，1933年略減至1,306,180元，1934年又漲至1,724,616元。這項統計為什麼會精確到個位數，劉克美的說明是「據海關的報告」，只能姑且信之。而筆者推測，1933年的進口化妝品消費之所以略低，恐係是年為「國貨年」，「洋貨」香水的供應不能不受影響之故。

這些進口的「美的香的甜的化妝品」來自何處？對此，也有確切的統計：美國占32%，法國占30.7%，英國占13.1%，日本占8.2%，德國占8.1%，香港占7%，其他則占0.9%。有意思的是，巴黎雖為「香水之都」，到底敵不過山姆大叔的金元帝國厲害，只能屈居第二，讓美國獨占進口香水的鰲頭。出人意料的是，小小的香港竟也占了7%的份額，可見即便在上世紀三十年代，這個蕞爾小島也不容小覷。

有「來龍」必有「去脈」。這些舶來化妝品的消費又是如何分布的？下面的統計數字才是最為關鍵的：上海78%，天津9.5%，廣州7.4%，其他5.1%。原來，當年上海不僅高居進口化妝品的榜首，而且是排行第二位的天津八倍強，是包括北京在內的所有其他城市的十五倍！實在令人歎為觀止。看來文學作品的描寫並非空穴來風。上個世紀三十年代上海都市時尚消費就是這樣「與國際接軌」的，「遠東第一大都市」的規模和氣派也由此得到了一個小小的證明。

劉克美作《脂粉的城市》

劉克美認為，「如果以一百七十多萬元的香水、脂粉的價值與中國農民的收入比較起來，差不多與七萬六千多農民辛苦一年的收入相等」。這裏對當時的統計與分析是否恰當，暫且勿論，但他對「大都市的空氣中有不少的脂粉味」頗不以為然，卻是顯而易見的。

俱往矣，今日上海進口化妝品之類的時尚消費，尚未見有根有據的統計，但以私意揣度，大概不會比上世紀三十年代遜色，甚至有過之而無不及也說不定。「須臾日射臙脂頰，一朵紅酥旋欲融」（元稹〈離思〉），愛美乃人之天性，女性好梳妝打扮，塗脂抹粉，自古而然，現代化大都市的時尚消費本無可厚非。不過，近日有人在聆賞音樂會時被鄰座的氤氳香氣熏得幾乎窒息，以致公開撰文表示不滿，倒是值得注意的。

但願今日的上海不要變成上世紀三十年代那樣的「脂粉的城市」才好。

（2003年10月29日）

亭子間裏

　　整整四十年前，作家周立波出版了一本小書《亭子間裏》。這個書名起得真好，大可引發讀者的遐思，甚至綺思。其實這只是一部很專業的文學評論集，因「都是在1935年至1937年這個期間裏寫於上海亭子間」而得名。

　　〈後記〉裏對「亭子間」的解說簡明扼要：

　　上海的弄堂房子採取的是一律的格局，幢幢房子都一樣，從前門進去，越過小天井，是一間廳堂，廳堂的兩邊或一邊是廂房；從後門進去，就直接到了灶披間；廳堂和廂房的樓上是前樓和後樓，或總稱統樓；灶披間的樓上就是亭子間；如

《亭子間嫂嫂》續集重印本書影

周立波

果有三層，三樓的格式一如二樓。亭子間開間很小，租金不高，是革命者、小職員和窮文人慣於居住的地方。

周立波所言不能說不到位，但遠遠不夠完整。隔了三十多年，旅美畫家木心在他那篇令上海讀者驚豔的長文〈上海賦〉中有「亭子間才情」專章，對「亭子間」的描述就更為具體、生動、全面，而且沒有顧慮：

公務員、職員、教師、作家、賣藝者、小生意人、戲子、彈性女郎，半開門的、跑單幫的、搞地下工作的，乃至各種在洋場上失風敗陣的狼狽男女，以及天網恢恢疏而大漏的鰥寡孤獨，總是僥倖地委屈於亭子間，單身、姘居是多數，也不乏標準的五口之家，祖孫三代全天倫於斯者亦屬常見……

　　由此可見，「亭子間」的租戶來自五湖四海，三教九流。但在相當長一段時間裏，人們提到「亭子間」，就與上海上世紀三十年代的文人畫上等號，以致有「亭子間造就了上海一代文豪」之說，詩人李金髮後來就曾斷言，中國文壇上赫赫有名的人物，「其實都是亭子間絞盡腦汁的可憐寒士」。連「新天地」的石庫門展覽館裏也像模像樣地開闢一間「亭子間」陳列室，透過滿牆粘貼的泛黃的老《申報》，企圖展示當年窮文人侷處「亭子間」煮字糊口的情景。郭沫若早年有短篇小說〈亭子間中的文士〉（後改題〈亭子間中〉），也可作為佐證。小說主人公愛牟（其實是作者自況）負笈東瀛歸來，在繁華的上海一時無立足之地，只能借住「亭子間」，清貧困頓之狀可見。魯迅晚年有《且介亭雜文》三集，書名「且介亭」三字取「租界亭子間」之義，寓意深遠，但魯迅自己並沒有住過「亭子間」。寫長篇小說《亭子間嫂嫂》及其續集的周天籟倒可能在「亭子間」度過

《亭子間里》

不少日日夜夜，但其小説曾被斥為「低級無聊」。「亭子間」雖然與三十年代文人（包括潦倒的、暫時韜晦的、尚未成名的等等）關係密切，畢竟住「亭子間」的遠遠不止文人，不能以偏概全。

「亭子間」厄隘蜷局，卻大有洞天。多少人間的悲歡離合，正劇、丑劇，悲劇、喜劇，都在「亭子間」上演，幕啟幕落，從上世紀三十年代到九十年代，未曾停歇。筆者記憶裏的「亭子間」，乃是上世紀七十年代「文革」風暴中暗暗躲在裏面偷偷聆賞貝多芬和柴可夫斯基的所在，乃是百歲老人施蟄存被迫無奈坐在裏面的便桶上接待慕名而來的訪客的場地。近一個世紀的上海「亭子間」文化研究是值得寫篇博士論文的。

還是木心説得好：「也許住過亭子間，才不愧是科班出身的上海人，而一輩子脱不出亭子間，也就枉為上海人。」只是時至今日，「亭子間」也已隨「石庫門」的迅速消失而與我們的日常生活漸行漸遠了。

（2003年11月5日）

弗麗茨夫人的客廳

　　十五年前，筆者撰寫〈國際筆會中國分會活動考（1930-1937）〉時，查到1935年3月22日國際筆會中國分會在上海舉行會員大會，在新推選出的理事中，除了蔡元培、林語堂、曾虛白、宋春舫、傅東華、邵洵美、李青崖、全增嘏等上海文壇學界的翹楚外，還有一位外國人弗麗茨夫人也榜上有名，而且被選為中國分會的英文書記。這是一個十分陌生的名字，以致筆者作出了此人「並不從事文學創作」竟然也能當選的判斷。

　　十五年後，筆者讀到邵洵美發表在1933年6月上海《時代圖畫半月刊》第4卷第7期上的〈花廳夫人——介紹弗麗茨夫人〉一文，才發覺這個斷語下得過於輕率了。邵洵美稱弗麗茨夫人是上海的「花廳夫

上海的美麗眸廳

30年代的邵洵美

人」，即上海的「Salon的領袖」，並解釋説：「Salon的譯義即會客室，我譯作花廳不過是為了字面上的漂亮。」邵洵美對弗麗茨夫人可謂推崇備至：

> 弗麗茨夫人（Mrs. Chester Fritz），匈牙利人，留華有年，嗜文學，著作甚富，自小在美國，與各國大文學家多相往還，在上海為《中國評論週報》編文學欄兩年，極受稱許。每星期至少有兩次由她邀客聚談，最近大光明音樂會亦由她主催。歐美文藝家來華，多半由她招待。她對於中國的文藝提倡尤力，曾組織萬國戲劇社，成績亦佳。

原來弗麗茨夫人並非等閒之輩。她在二十世紀三十年代的上海生活，她迷戀文學創作，她也致力於文學編輯，她家的客廳是當時上海灘頗有名氣的文藝沙龍，邵洵美就是這個沙龍的常客之一

（邵洵美曾與她一起接待過墨西哥著名漫畫家M.珂佛羅皮斯）。説弗麗茨夫人是當時旅居上海的一位活躍的外國女作家、女文學活動家，應該是符合歷史真實的。她當選國際筆會中國分會的外籍理事，也就在情理之中了。

自從蕭乾在回憶錄中寫了「太太的客廳」以後，三十年代林徽因北京寓所的客廳就廣受關注，相關文章連篇累牘，連美國學者費慰梅寫《中國建築之魂》也不忘在書中專闢一章「太太的客廳」，「林家客廳」簡直成了三十年代中國文藝沙龍的代名詞。今天，不少年輕的文學愛好者和評論者以生不逢時，無法再到「林家客廳」一睹女主人的風采，無法參與「林家客廳」的聚會並高談闊論而深以為憾。不過也有不和諧之音，冰心當年就寫過一篇小説〈我們太太的客廳〉，據説就是諷刺林徽因的。

然而，在二十世紀三十年代的大上海，卻無法找到像北京「林家客廳」那樣聞名遐邇的文藝沙龍，總覺得缺少點什麼。現在好了，弗麗茨夫人的客廳多少填補了這個空白。真的要感謝邵洵美。如果不是他有心記上一筆，弗麗茨夫人的事蹟恐怕就要湮沒不彰了。只是我們今天仍不能詳細得知弗麗茨夫人客廳當年聚會的許多具體情形，也不知道弗麗茨夫人在二戰爆發後去了何處，現在是否還健在？

誠然，弗麗茨夫人是洋人，她的客廳是洋人的客廳。不像「林家客廳」是道地的「國貨」，儘管客廳主人和許多賓客都是「海歸派」，但「沙龍」本身就是舶來品。在西方歷史上，沙龍的興起翻開了社會演進歷程的新的一頁，英法等國許多著名的文藝沙龍不但對文學藝術而且在更大的方面對歷史發展產生過重要影響。上海本來就是

「海納百川」，所以，弗麗茨夫人的客廳誕生在上海，不足為奇。假如我們能更多地發掘弗麗茨夫人客廳的方方面面，也許二十世紀三十年代上海的文藝活動史就要改寫了。

（2003年11月12日）

附記

讀現代著名畫家、工藝美術家及工藝美術教育家龐薰琹的回憶錄《就是這樣走過來的》（2005年7月北京三聯書店），無意中又發現弗麗茨夫人的新史料。這本文情並茂的回憶錄早在八十年代就出版過，不知為什麼我當時未曾留意，幸好這次沒有錯過。

龐薰琹在此書第五十九章「蹩腳長衫的誤會」中回憶，「莇莉士夫人（龐的譯名）何許人也？我不瞭解，後來聽說她的丈夫是個猶太鉅賈，她自己是當時上海英文報紙《密勒士報》文藝副刊的主編，在上海的外國人中，她是文藝界的代表人物」。三十年代中期，由弗麗茨夫人發起，在上海舉辦了一次中國畫家油畫展，龐薰琹與劉海粟、王濟遠等參展。展後弗麗茨夫人在自己的客廳專門為龐薰琹舉行了一次「派對」（這個現在十分時髦的詞是我說的，龐著用的是「招待會」），鄭重其事地把龐薰琹介紹給上海的外國文藝圈。龐薰琹因衣著樸素，在「派對」開始時還曾遭到一些外國人的白眼。弗麗茨夫人對龐薰琹的介紹十分有意思：「這位就是今天招待會所邀請的主要客人，也是我要向大家介紹的一位中國青年畫家。我在這所房子裏，第一次招待了蕭伯納，第二次招待了卓別林，今天是第三次，招待這位中國青年畫家。」

看來弗麗茨夫人的客廳確實是三十年代上海灘有名的「文藝沙龍」，她的事蹟是應該多多發掘的。

（2005年8月15日）

遮住太陽光線的高樓

　　1934年1月，上海新中華雜誌社忽出奇招，出版了一部徵文集《上海的將來》。在這本薄薄的不滿一百頁的小冊子裏，收錄了百餘位上海各界人士對未來上海的種種預測。雖然是命題作文，著名作家如茅盾、郁達夫、林語堂、施蟄存、盛成等，著名學者如李石岑、章乃器、王造時、沈志遠、楊人梗、吳澤霖等，乃至政界名流如譚雲山、吳鐵城等，都欣然命筆，各抒己見。

　　七十年後的今天，重讀這些有名或無名的作者，對上海的種種大膽想像，比照一下，哪些已經應驗，哪些屬於癡人說夢，實在是很有意思。

　　其中有一位王玉堯，他所描繪的上海的將來是什麼模樣呢？一、「人口增加到和世界金元國家之大都市紐約相等」；二、「租界擴

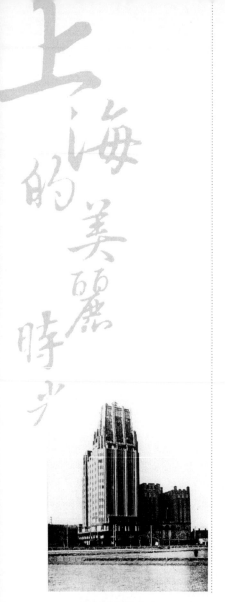

上海的美麗時光

剛建成的國際飯店

大」；三、「地價高漲」；四、「洋樓高至百餘層，住在裏面的人那時所忌只怕颱風把它吹倒」。而今除了第二條已永無可能，第一、三、四條都已經實現或將要實現了。

有趣的是，不但這位名不見經傳的王玉堯，《上海的將來》的許多作者都不約而同地把上海將矗立成千上百座摩天高樓作為未來上海的象徵之一。此書編者在「前言」中就指出「上海的建築，日趨高大」。施蟄存也認為，「將來的上海必定是依照了現在的上海而繁榮、和平、高大、廣袤起來的。房子比現在建築中的靜安寺路的四行儲蓄會（即國際飯店，樓高二十四層，1934年建成後被譽為「遠東第一大廈」，直至二十世紀七十年代末八十年代初仍為上海第一高樓）更高」。銘三更喜歡用文學的語言推測將來的上海「百來層的、墊起腳來瞧不見樓頂的大洋房，一嶄齊地在南京路上矗立著」。周楞伽儘管對此不滿足，覺得未來的上海還應由別的更重要

的，但也不得不承認「未來的上海，建築物的高度，足以遮住太陽的光線」。王濟遠還大膽預言「數十年之後，大上海市，都是幾十層、百餘層立方形體的大廈，從江灣而延到吳淞寶山，甚至推到其他更遠之地」。真是「見仁見智，各逞思維」而又「英雄所見略同」。

　　預斷未來的上海必定高廈林立，摩天樓櫛比鱗次，是二十世紀三十年代許多有識之士的「現代化」想像之一。摩天大樓歷來被視作工業資本主義興起的一個鮮明可見的標誌。當時上海雖然已是「世界第六位的大都市」（從《上海的將來》編者說，也有稱上海是世界第五位大都市的，見H.J.勒斯布里奇《中國概覽：標準導遊》之「簡介」），但要躋身國際性現代化大都市更前列，與紐約這樣的超級大都市平起平坐，擁有更多更高意味著金錢、財富和科技的摩天大樓似乎是題中應有之義。因此，二十世紀三十年代的作者們在構想未來上海的現代化藍圖時，自然要不約而同地把摩天大樓作為標誌性建築和追求目標了。

　　耐人尋味的是，這種可愛而又可疑的「現代化」想像一直延續到今天，而且有越演越烈之勢。今天我們如果登上浦東陸家嘴金茂大廈八十八層，舉目遠眺，上海上空的藍天已陡然縮小，白雲也不再自由飄浮，浦西浦東連成一片的水泥森林直衝雲霄。據統計，自上個世紀八十年代至今，上海已擁有四千多幢高層建築，這個數字一定還會不斷被刷新。與此同時，真正屬於上海的標誌性建築，像石庫門之類，卻在迅速消逝，取而代之的是不倫不類的「新天地」。真不知現代的上海人應以此為榮，還是以此為憂？

上海的美麗時光

如果上海真成了香港第二、紐約第二，如果我們的後代將來所見到的上海只是一個上世紀九十年代建造起來的上海，上海還成其為上海嗎？

（2003年11月19日）

上海新建的高樓

上海的驕傲

　　剛剛在〈遮住太陽光線的高樓〉中引述了施蟄存先生上個世紀三十年代對於未來上海的預測，沒想到不到一周就傳來老人家謝世的噩耗。幸好施老以九十九歲的高齡走得平穩，走得安詳，我們後人在悲痛之餘，也就沒有太大的遺憾了。

　　除了抗戰時期先後遠赴昆明和福建，施蟄存自二十年代後期至生命的最後一刻，一直生活在上海，寫作在上海，執教在上海，親身見證了從上個世紀三十年代上海到新世紀上海的風風雨雨，滄桑變遷。他在上海創作了〈將軍底頭〉、〈石修〉、〈鳩摩羅什〉、〈魔道〉等一系列輝映中國現代文學史的心理分析小說「經典」；他在上海主編了引領中國文學「現代化」並產生深遠影響的《現代》雜誌；他還在上海與

施蟄存

魯迅展開了那場至今引人關注的有名的《莊子》、《文選》之爭；他晚年又在上海撰寫了古典文學研究代表作《唐詩百話》和古代碑版研究《北山集古錄》等一系列精闢的學術論著。施蟄存的文學和學術成就與上海息息相關，密不可分，他與上海結下了不解之緣。

晚年的施蟄存安坐在上海愚園路的書房兼臥室兼客廳之中，抽著他喜愛的雪茄煙，翻閱著各種各樣的中外書刊，與不斷來訪的海內外學人聊天，榮辱不驚，冷眼向洋看世界。對於上海的過去、現在和未來，他不時會冒出一二句出人意表又發人深思的評判。他曾說「上海永遠是一個中西混雜的城市」，而他自己就是這座名城中一個不左不右、不中不西的作者、譯者和學術研究者。他對上海三十年代的文學是留戀的，但並不推崇備至，像今天「上海熱」中某些「懷舊」派那樣；他對「新時期」以來上海文學新人的追求也一直持欣賞和支持的態度。同時，他對當下上海「經濟不錯，文化還不行」也多次

表示過深深的擔憂。

　　人們常說「海納百川」，但真正要做到這一點又談何容易。施蟄存卻做到了。從三十年代風行全球的「紅色經典」到支配二十世紀文學走向的「現代派」文學，從悠久的中國古典文學傳統到西方五花八門的「現代派」藝術，施蟄存都廣為涉獵，獨有會心。對「鴛鴦蝴蝶派」和各種舊派文人的尊重，與閒雲野鶴式文苑藝壇人物廣泛交往，在「五四」以後的新文學名家中，施蟄存恐怕是絕無僅有的一位。施蟄存的兼收並蓄，新舊並存，不為潮流所左右，足以證明他的包容、前瞻和開放。

　　有人曾以「海派文化」的「標誌性建築」來形容施蟄存，雖說是出於好意，但以施蟄存的博大精深，絕非這樣的概括所能涵蓋。施蟄存在新文學創作、古典文學研究、外國文學翻譯、金石碑版的探索，也就是他自己所說的開啟東西南北「四扇窗戶」方面的貢獻和境界，早已超出了我們一般所界定的「海派」的範疇。施蟄存是超脱的，通

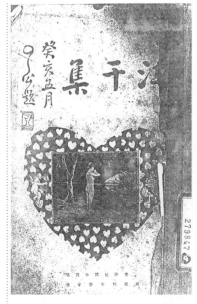

施蟄存早期小說集《江干集》封面

施蟄存譯《稱心如意》封面

達的，又是入世的，洞察一切的。他在二十世紀的上海乃至整個中國的作家和學者中，是一個異數，一個卓而不群的獨特的存在。

　　上海不但應該以擁有魯迅、巴金、張愛玲、傅雷等感到驕傲，也應該以擁有施蟄存先生而感到驕傲。

（2003年11月26日）

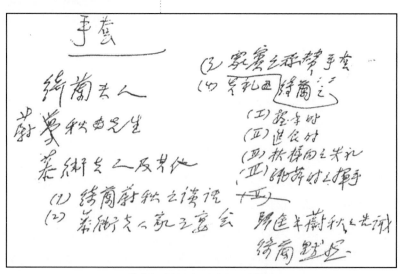

施蟄存早期小說《手套》計劃稿

從巴金舊居掛牌說起

　　一個多星期前赴成都參加巴金百歲誕辰國際學術研討會，承四川人民出版社羅韻希社長美意，獲贈李輝兄編撰的《一個知識份子的歷史肖像》，是我得以先睹這部觀點鮮明、資料豐贍、印製美輪美奐的大型巴金生平圖文集。在此書第234頁上，我意外地發現一張巴金淮海坊舊居照片，舊居門前已勒石掛牌，黑色大理石牌上用中英兩種文字清晰地刻寫著「著名文學大師巴金1937年曾在此居住」。

　　這真使我高興。巴金在上海生活了那麼多年，住過那麼多地方，但霞飛路霞飛坊（現淮海中路927弄淮海坊59號）舊居，在巴金的創作史上無疑占著突出的地位。巴金1937年在此創作了長篇小說《春》的後半部分，1939年至1940年間在此完成了長篇小說《秋》，後來一直

巴金舊居，中立者為巴金之弟李濟生

電影《秋》劇照

在此居住到1959年。這處舊居的重要性大概僅次於人們所熟知的武康路寓所。我不知道這塊紀念牌是什麼部門在什麼時候建立的，但我對這項舉措舉雙手贊成。

一座國際性的現代化大都市的文化積澱，很大程度上是通過在這座城市生活過的中外文化名人體現出來的。對歷史文化名人生活和工作過的地方妥加保存，對有價值的歷史文化舊跡善加保護，是衡量一座城市文明和開放程度的一個顯著標誌。僅僅滿足於建一兩所大劇院，造幾座博物館，修幾個體育場就以為城市的文化建設大功告成，而對城市中大量遺留下的鐫刻歷史文化名人足跡的所在不予重視，甚至棄之不顧，任其被摧毀、被湮滅，那實在是「撿了芝麻，丟了西瓜」，在文化史意義上的損失是不可彌補的。

我曾經在倫敦和東京街頭漫遊，當我意外地見到印度詩哲泰戈爾在倫敦的舊居，「日本的魯迅」夏目漱石在東京

的寓所時，我不能不感到驚喜，不能不
對這兩座大城市保存歷史文化名人舊跡
的努力深表敬意。倫敦曾有計劃地對英
國和外國政治、經濟、軍事、科學、文
學、藝術等各界名人在倫敦的居住地掛
牌紀念，這就是有名的「藍牌」。最近
的例子是中國作家老舍在倫敦的舊居也
被掛上了「藍牌」。外國人尚且如此敬
重我們的文學前輩，而我們自己卻不當
一會事，豈不令人感歎？

　　據我有限的見聞，上海已對蔡元
培、魯迅、郭沫若、瞿秋白、茅盾、沈
尹默、葉聖陶、柔石、馮雪峰、劉海粟
等人的舊居加以保護，或建紀念館或立
紀念牌，這當然值得稱道，但還遠遠不
夠。且不說郁達夫「嘉禾里」舊居、徐
志摩「四明村」舊居、林語堂愚園路舊
居、鄭振鐸「廟弄」舊居等等已經不復
存在，留下永久的遺憾，目前還倖存的
胡適萬航渡路舊居、傅雷江蘇路舊居、
豐子愷「日月樓」舊居、蕭軍蕭紅襄陽
南路舊居、張愛玲常德路舊居、吳昌碩

郁達夫故居

山西北路舊居、趙丹湖南路舊居，直到剛剛去世的施蟄存愚園路舊居等等，不是岌岌可危，就是尚未掛牌紀念，前景很令人擔憂。

「與國際接軌」現在已成為我們的口頭禪，但不該接軌的瞎接軌，應該接軌的卻遲遲不接軌。在我看來，倫敦的「藍牌」規劃就十分值得效仿。如果我們以更寬容、更開放、更積極的態度去對待文化名人故居的保護，那麼上海的文化內涵就會更具體、更充實、更長久。

我期待著上海也有自己的「藍牌」規劃。

（2003年12月2日）

胡適故居

金鎖記

文壇新「情」後，又導演「不了情」，使人折服者，太太萬歲，張愛玲而該劇最近，戲劇圈中的「金鎖記」，張又予以傳奇內，更爲張愛玲改編電影劇本，「金鎖記」之精緻，「金鎖記」已，使人材方面，仍爲張愛玲所作，亞「傾城之戀」，都可說是張之力作，以張愛玲的「傾城之戀」，立時，柯靈即竭力介紹，以開幕，後演出時，果獲好評，今春，又是張愛玲「金鎖記」，處女作，又是張愛玲「文華」當可轟動文壇，至一旦搬上銀幕，所創作的「不了情」，當爲老搭當桑弧，商係桑弧所力薦者。重視，記得大中劇團成

張愛玲與海上影壇

　　討論文學家與上海，人們自然會想到魯迅的上海，茅盾的上海，巴金的上海，施蟄存、劉吶鷗、穆時英等「新感覺派」的上海，不消說，還有張愛玲的上海，各具特色，各有千秋，誰也代替不了誰，誰也超越不了誰。

　　說起張愛玲，這幾年真是熱鬧非凡，紙上網上，連篇累牘，誰都能說上幾句，誰都是張愛玲迷。連帶胡蘭成也大爲走運，《今生今世》（此書初版在日本問世，書名卻是《今世今生》，原來是爲之題簽的日本漢詩者宿服部擔風老先生筆誤，因此也只能將錯就錯了，直至臺灣版才改過來）竟一紙風行。不過，張愛玲研究實在還有許多盲區，張愛玲與海上影壇的關係即爲明顯的一例。

只說張愛玲與海上影壇，而不說張愛玲與海上文壇，那是因為她與海上文壇的關係已被梳理得較為全面和清晰，即使沒有山窮水盡，至少也已八九不離十了。但與海上文壇的關係，卻還有不少鮮為人知的隱秘可供發掘。

張愛玲在抗戰勝利後的海上文壇，被迫沉寂了一段不算短的時間，待到復出就耍奇招，改走電影編劇的新路，她本來就是一個不折不扣的影迷嘛。影片《不了情》和《太太萬歲》先後創下高賣座率的票房紀錄，知名小說家原來還是編劇高手，實在不容小覷。《太太萬歲》文學劇本早在上世紀九十年代的臺灣就有有心人作了整理，《不了情》卻遲遲不見放映，原以為已經像張愛玲自己所說的「湮沒」了，不料年初購得《不了情》VCD，始知此片已列入「中國早期電影（1927-1949）經典收藏」，身價無疑大增。只是一直窮忙，至今未能靜下心來細細品味這部陳燕燕、劉瓊主演，「哀豔絕倫催人淚下　舊世情緣攝人心魄」的「經典」愛情片。

兩部名片之後，還有一部也「很成功賣座」的《哀樂中年》，卻是撲朔迷離，眾說紛紜。此片雖然同為「文華」名導演桑弧執導，雖然文學劇本問世時也署名桑弧，但一直有人認為其實出自張愛玲之手。最近查到「張學」專家水晶在二十年前，採訪了張愛玲最信得過的朋友宋淇的一份談話記錄，宋淇透露此片有「張愛玲的touch筆觸」，「張愛玲的touch，桑弧寫不出來，沒那個靈氣。我問過張愛玲，她說你不要提，你不要提。她大概和桑弧有相當的感情，幫桑弧的忙」。水晶記錄得活靈活現，不由你不信。看來如果說《哀樂中年》是桑弧和張愛玲密切合作的產物，應該還是符合歷史真實的吧。

在宋淇眼裏，張愛玲為海上影壇所貢獻的第四部影片是《金鎖記》，改編自己的成名作，當然是駕輕就熟，勝任而又愉快。電影《金鎖記》內定的主角是張瑞芳，這可是她竭力爭取得來的，不知她老人家還記得否？只可惜電影《金鎖記》「生不逢時」，因上海發生了翻天覆地的大變化而未能投入拍攝，

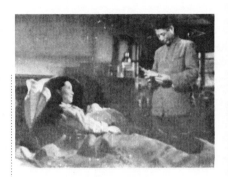

《哀樂中年》劇照

《不了情》VCD封面

後來張愛玲離開大陸，也未能把已經完成的文學劇本帶走。電影《金鎖記》倒是真的失傳了，害得今天海內外不少「張迷」編劇和導演還在為之瞎折騰，畢竟，《金鎖記》改編成電影的誘惑是巨大的。

（2003年12月10日）

北四川路

　　包亞明先生寫了虯江路,使筆者聯想到與虯江路相交錯且更為有名的北四川路。

　　北四川路是舊名,現名四川北路,號稱僅次於大馬路(現南京東路)、霞飛路(現淮海中路)的上海第三大馬路。北四川路的歷史可追溯到1848年,是一條越界(租借)築造的典型馬路。上個世紀初起逐漸成為各國僑民(特別是日本僑民)的混雜居住之地,商業日見繁榮,1933年建成的新亞大酒店是當時國人自營的上海最高級的賓館和飯店之一。

　　但筆者要說的不是當年北四川路的燈紅酒綠,而是北四川路的大小書店。大名鼎鼎的內山書店早期店址即在北四川路橫浜橋附近,後遷移至與北四川路相連的施高塔路11號(現四川北路2050號),成為魯迅

上海的美

北四川路

和眾多海上文人訪書會友的重要場所，在二十世紀上半葉的上海文化史上意義非同一般。以出版《良友畫報》和《中國新文學大系》而流芳中國現代文化史冊的良友圖書公司編輯部和門市部也設在北四川路851號（今四川北路861-865號），三十年代有多少海上文壇的盛事和醜行在良友門口上演！二十年代執中國新文學牛耳的創造社出版部也先後設在北四川路麥拿里（現四川北路1811弄）和與老靶子路交錯的北四川路518號。這些可能都是人們較為熟悉的。

　　還有鮮為人知的。施蟄存生前就為筆者畫過一張簡明的北四川路書店分布圖。原來，當年他和劉吶鷗、戴望舒創辦的水沫書店就設在北四川路公益坊（現四川北路989弄）內。水沫書店出版了劉吶鷗的小說集《都市風景線》、戴望舒的詩集《我底記憶》、施蟄存自己的小說集《上元鐙》，還有德國雷馬克的名著《西部前線平靜無事》（林疑今譯）乃至馬克思的《哲學的貧困》（杜國庠譯），理應在中國現代文學史和文

化史上占有不容忽視的一頁。

　　更有不為人知的。那就是北四川路蚓江路一帶的大小舊書店。我們今天已經不知道這些舊書店的店名，幸好施蟄存在他的〈買舊書〉一文中留下了有關記載：「在中日滬戰以前，靶子路蚓江路一帶很有幾家舊書店，雖然是屬於賣教科書的，但是也頗有些文學藝術方面的書。我的一部英譯莫泊桑短篇小説全集便是從蚓江路買來的。」而北四川路蓬路（現塘沽路）口的添福書莊（還是得感謝施蟄存，記下了這個書店的店名）更是施蟄存和戴望舒經常光顧之地，戴望舒在此覓得廉價的皮裝精印五巨冊三色描繪本魏爾侖詩集，使施蟄存羨慕不已。葉靈風後來寫過一篇〈記蒙娜麗莎〉，開頭就寫道：「五十年前秋天的下午，我和施蟄存先生逛北四川路，在一家舊書店的櫃窗裏發現一疊複製的西洋名畫。」這正可和施蟄存晚年回憶的，當時傍晚下班後到北四川路一帶逛大小書店、淘中外舊書是他每天必不可少的「功課」相互印證。

《上元鐙》

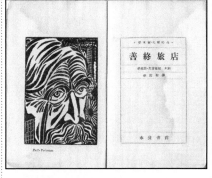

水沫書店出版的《善終旅店》扉頁

35

因此，可以毫不誇張地説，當年除了四馬路（現福州路）之外，北四川路可算上海的第二條書店街。雖然書店的數量、規模和分布的密度還不及四馬路，卻也自有其特色。然而，予生也晚，只趕上六十年代步行十里去四川北路、海寧路口的上海舊書店門市部看書，待到「文革」風暴驟起，這樣的機會也被剝奪了。到了九十年代，好不容易四川北路上的「福德廣場」百貨公司開闢了「舊書區」，讓中外「書迷」著實高興了一陣，可惜好景不長，現在也已關門大吉了。

　　難道今天的北四川路只能以打造高檔商業街作為唯一的追求目標？文化真的要被擠到蕩然無存的境地？筆者不能不發出這樣的疑問。

（2003年12月17日）

《春申舊聞》

　　前年初冬，應邀到臺北參加紀念臺靜農先生百歲冥誕學術研討會，會後以《理想的下午》一書馳名臺灣文壇的舒國治兄問我是否讀過《春申舊聞》，我據實答曰：早就聽說，尚無緣拜讀。舒兄二話不說，立刻拉著我直奔出版此書的世界文物出版社門市部，於是我如願以償，捧回一冊《春申舊聞》正、續集合訂本，係1978年6月的再版本，距今也已二十五年矣。

　　《春申舊聞》為陳定山晚年在臺灣《中華日報》專欄文字的彙編。陳定山的大名對於現今的上海人一定很陌生。其父陳蝶仙（號栩園，別署天虛我生）是早期「鴛鴦蝴蝶派」重要作家，曾主編《女子世界》，後創辦家庭工業社，以生產「無敵牌牙粉」、「蝶霜」大獲成

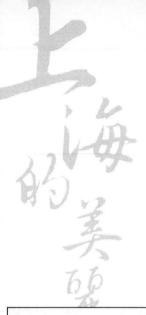

功，成為上海灘屈指可數的愛國實業家。其妹陳小翠也是上海灘有名的才女，擅長丹青，又工於詩詞，連學貫中西的施蟄存都感到自己的才學無法與之匹配。

　　陳定山本人當然也非等閒之輩。他原名陳小蝶，別署醉靈生，抗戰期間曾被日偽拘捕，堅貞不屈，出獄後始改名陳定山。陳定山同樣才華出眾，能詩能畫，善文善譯，且精於藝術鑒賞，早期代表作有《蘭因記》、《畫獄》等，是上海灘「鴛鴦蝴蝶派」中的後起之秀。

　　這部《春申舊聞》是陳定山晚年的精心之作，追憶他在滬生活數十年的所見所聞，所思所感。全書以〈十里洋場〉開篇，至〈上海租界百年大事表〉煞尾，不但有清末以降的文壇軼聞、畫苑趣事和梨園秘辛，而且涉及政治、經濟、軍事和社會生活眾多方面，甚至還探黑社會之內幕，述風月場之隱情，老上海的三教九流，五光十色，無不在陳定山筆下活了起來，生動、形象、詳實。作者交遊廣闊，又博聞強記，回憶

陳小翠國畫

「藝術叛徒」劉海粟、「賭國詩人」邵洵美以及徐志摩陸小曼夫婦恩怨等等，均能道人所不知、言人所不敢言。如他比較邵洵美與徐志摩的相同與不同，就十分有趣：

邵洵美

> 洵美文學偏重於修飾美德方面，不少帶著點女性，因此他的成就沒有徐志摩高。但他和志摩有幾點相同的地方：志摩是硤石富紳徐申如的長子，洵美是上海富紳邵月如的長子，出身紈綺之中而愛好文學同。志摩面白如瓢頎長俊秀，洵美面如削瓜白皙而文，他們的風度同。志摩留學德國，洵美留學法國，他們都有一番豔遇，他們的風流跌宕同。他們同是留學生，嶄新的人物但都不會跳舞，有時婆娑下場，也似羊公之鶴，經常都歡喜著長衫，穿軟緞面的鞋子。從前跳舞場合，很有許多要穿晚禮服去的，燕尾清襟，雍容華貴。

上海的美麗時光

西裝便服絕對不許下場，唯有中國長衫則絕對許可。……志摩、洵美不會跳舞同，均喜參加舞會，偏又不換洋裝同。當時因他二人而成為風氣，如宋春舫、郁達夫、盧冀野，他們都一輩子不穿西裝。志摩、洵美，但有兩點不同：一是洵美好賭，而志摩不會賭；二是洵美好酒而志摩一杯面孔就紅。他們二人在上海，常聚一處，大有焦不離孟，孟不離焦之致。志摩是以詩出名的，時號「新月詩人」。洵美說：我也是詩人呵，我是什麼詩人呢！好罷，你們叫我「賭國詩人」罷。

特別是陳定山寫「鴛鴦蝴蝶派」諸子，因是同道中人，更是得心應手，娓娓而談，如數家珍，足以補正統文學史之不足。

當時有位西方評論家指出，陳定山「顯然有著這些事件唯一的記錄，甚至

邵洵美為徐志摩夫婦所畫

精確於日期、數字、人和任何地方的名字，他用高雅、學者的文體來述寫他的回憶錄，這些表明了他崇高中國歷史著作的系統，他的筆力是輕鬆和敏感的，他的姿態是容忍的，這書整個是寫述鄉思之愛的情調，因此舊上海這些最不名譽的惡漢變為可愛的，或者最低限度用歷史上慈善的眼光看出來他們是可寬恕的。」

《銀元時代生活史》

讀《春申舊聞》要比讀那些正統的上海史著作有趣得多。上海開埠一百六十年以來，關於老上海的各種著述何止成千上萬，寫得好的實在不多。如果說前幾年著名中醫陳存仁的回憶錄《銀元時代生活史》和《抗戰時代生活史》曾使大陸讀者驚豔，那麼，這部《春申舊聞》絕不會讓陳存仁兩書專美於前。在我看來，寫老上海風物掌故，還是這一本最吸引人。什麼時候我們的出版家慧眼識寶，能在大陸推出《春申舊聞》簡體字本呢？我由衷地期待著。

（2003年12月29日）

香港的上海文學家

　　「上海史研究譯叢」開始出版了。「他山之石，可以攻玉」，對關心上海的過去、現在和未來的讀者，不啻是一件大好事。「譯叢」中有一部黃紹倫著的《移民企業家——香港的上海工業家》（2003年12月上海古籍出版社），講述了一群1949年後在香港建立自己經濟王國的成功的上海紡織企業家們。這是上海史研究的一個合情合理的延伸，同時也填補了上海史研究中的一個空白，難怪被譽為「視角獨到，予人啟迪」。

　　其實，在港島獲得成功、留下鮮明印記的又何止是上海紡織企業家。1949年以後大批上海文化人紛紛南下香港，從「偉大的世界大都會」來到這個南國的「小村莊」，教學、寫作、辦副刊、開書店、搞

50年代在香港的曹聚仁

晚年葉靈鳳

出版、演戲劇和拍電影，同樣做得有聲有色，使原本乏善可陳的香港文學史頓時豐富多彩起來。張愛玲離開上海到香港後創作了長篇小說《秧歌》和《赤地之戀》，儘管至今備受爭議，畢竟是她創作史上的重要轉捩點。上世紀三、四十年代活躍於上海文壇的包天笑、曹聚仁、姚克、徐訏、李輝英等新舊各派作家也都先後到達香港，各自揭開了他們創作史上新的一頁。更不必說早在香港定居的葉靈鳳，他的文學生涯在上海開始，在上海成名，而在香港臻於輝煌，成為中國現代文學史上僅次於唐弢的書話大家。

還有人雖然在上海籍籍無名甚至尚未踏進文學領域，但到香港後卻脫穎而出、功成名就。金庸就是一個顯著的例子。抗戰勝利以後，他先在上海東吳法學院進修國際法，繼而入上海大公報社，只是一名普通的國際電訊編輯。1948年到香港《大公報》任職，表現還是平平，直到1955年因緣際會，在香港《新晚報》連載長篇武俠小說《書

劍恩仇錄》震動文壇，才一發不可收拾，最終成為一代新武俠小説大師。説金庸的文學事業從上海起步，在香港開花結果，應該是符合歷史事實的。女作家西西生於上海，求學於上海，到香港後鍾情文學，詩、小説、散文、評論、童話、電影劇本、翻譯，樣樣皆能，尤以小説享譽港臺，多次獲獎，《像我這樣的一個女子》、《哀悼乳房》（比畢淑敏的《拯救乳房》早了整整十年）、《飛氈》等都成了香港當代文學史上的經典作品。西西無疑也是在香港的上海文學家中的驕傲。

《晚晴雜記》書影

現在幾乎盡人皆知，王家衛的電影《花樣年華》從劉以鬯的小説《對倒》（這部小説現已譯成英、法、日、義大利文，享譽國際文壇）中汲取了靈感，但又有多少人知道這位香港文壇年齡僅次於陳蝶衣的前輩作家也是生於上海，他多姿多彩的文學生涯也正是從上海起步的呢？上個月在香港見到他老人家，他對自己上個世紀四十年代在上海創辦懷正文化社，出版施蟄存、姚雪垠等人

《秦淮感舊錄》

45

《陶瓷》

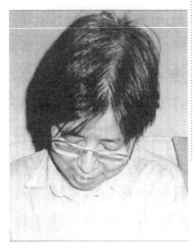

西西

的佳作還懷念不已。至於陳蝶衣，這位
九十四歲高齡的上海《萬象》雜誌首任
主編、著名的流行歌曲詞作家，極具個
性，至今不能接受簡體字。老人家早已
擱筆，淡出香港文壇，筆者有次與他通
電話，他首先聲明自己不再是文化人，
絕不再談文學，但話匣子一打開，又滔
滔不絕地談起了《紅樓夢》！

　　在香港的上海文學家的名單還可
以開得很長很長，香港現代史拓荒者之
一的馬朗（馬博良）、香港電影先驅者
之一的林以亮（宋淇）……都是不能忘
記的。如果説上海紡織企業家當年在香
港工商界的競爭中「擁有完美的生產設
備」、「有效的工業技術和有關金融、
生產、管理、市場等方面的寶貴資源」
（黃紹倫語）的話，那麼對於在香港的
上海文學家也應作如是觀。他們的文學
經歷、人文視野、創作成就、評論水準
等等，也都各具個性特色，足以影響
一代香港文學的走向。可惜至今討論上
海文學史，卻有意無意地忽略了他們；
討論香港文學史，也大都把他們籠統地

歸入「南下作家群」而未能視作一個獨特的富有活力的群體加以研究。要是有人用心發掘史料，撰寫一部別開生面的《移民文學家——香港的上海作家》，那該多好！

（2004年1月7日）

《移民企業家》

晚年陳蝶衣

劉以鬯

今非昔比

　　上星期寫到在上海的文學家中，數陳蝶衣最年長，期頤高齡仍精神矍鑠。他老人家當年在上海主編《萬象》之餘，應名導演方沛霖之邀，為故事片《鳳凰于飛》插曲作詞。該片頗有音樂片的架勢，插曲竟有《鳳凰于飛》、《尋夢曲》、《慈母心》等八首之多，歌詞全部出自陳蝶衣一人之手，演唱則由「金嗓子」周璇一人「單扛」。影片上映後好評如潮，陳蝶衣初試啼聲就不同凡響，成為上海灘走紅的電影歌詞作家，從此揭開了他數十年為中國電影（包括大量上世紀五、六十年代的香港電影）撰寫插曲的光輝歷史，至今仍有《南屏晚鐘》等不少陳蝶衣作詞的電影歌曲在大陸各地卡拉OK廳中為廣大歌迷所點唱。

周璇

陳蝶衣固然是現代作家中撰寫電影插曲的佼佼者，但當時為各類電影歌曲作詞的作家其實大有人在。據筆者粗略統計，上世紀三、四十年代上海知名作家中「觸電」（為電影撰寫插曲歌詞）的就有歐陽予倩、田漢、沈西苓、許幸之、孫師毅、高季琳（柯靈）、安娥、關露、范煙橋、程小青、魏如晦（阿英）等多位。他們作詞配歌的電影既有「左翼電影」，也有「軟性電影」，傾向各異，風格多樣，影響也不能等量齊觀。但像許幸之的《鐵蹄下的歌女》、田漢的《四季歌》和《熱血》、安娥的

陳蝶衣（左）八十年代與水晶談流行歌曲

《漁光曲》、關露的《春天裏》、吳村
的《薔薇處處開》、范煙橋的《夜上
海》等歌曲都已成了經典老歌，至今還
在海內外廣為流行和傳唱，所謂「懷舊
金曲」是也。

　　有趣的是戴望舒為劉吶鷗編劇、徐
蘇靈導演的故事片《初戀》所作的主題
歌《初戀女》的由來。此片1936年拍
攝，乃「軟性電影」愛情片的代表作。
這首主題歌經著名流行歌曲作曲家陳歌
辛（小提琴協奏曲《梁祝》作者之一陳剛
之父）譜曲，黃飛然演唱，膾炙人口。
但這首歌詞在《戴望舒全集》裏是找不
到的。原來《初戀曲》係戴望舒1932
年所作〈有贈〉一詩的改寫。全詩三
節，第一節改得面目全非，第二節原詩
如下：

戴望舒

　　　我認識你充滿了怨恨的眼睛，
　　　我知道你願意緘在幽暗中的
　　　話語，
　　　你引我到了一個夢中，
　　　我卻又在另一個夢中忘了你。

歌詞則改為：

> 我難忘你哀怨的眼睛，
> 我知道你的沉默的情意，
> 你牽引我到一個夢中，
> 我卻在別個夢中忘記你！

據說這是陳歌辛根據劇情和電影插曲的特點而做的修改，確實改得琅琅上口，通俗易懂，簡約而又纏綿，改得好。當然「著作權」仍然歸在戴望舒名下。

可見即便是大詩人，寫電影歌曲也非易事，也需顧及歌曲的特點、觀眾的文化水平和欣賞習慣。

俱往矣，當年上海灘眾多的電影歌曲詞作家均已隱入歷史，今日上海乃至全國又有幾位名作家在為電影或電視插曲作詞？不是屈指可數，而是幾乎等於零，更不用說為流行歌曲作詞了。名作家們也許是不願為，也許是不屑為，總

陳歌辛

之是有點自鳴清高。證之上個世紀三、四十年代的上海影壇，情形正好相反，真是令人不勝感慨！

（2004年1月14日）

多元的《良友》

　　《良友圖畫雜誌》（簡稱《良友》畫報）1926年創刊於上海，創辦人兼首任編輯是廣東人伍聯德。此人很不簡單。當年「廣東幫」在滬上頗出風頭，但大都涉足百貨業和飲食業，赫赫有名的永安公司和新雅粵菜館即為代表，投資新聞媒體和出版業的卻是寥寥無幾。伍聯德很有商業眼光，獨闢蹊徑，竟然很快獲得成功。不但有《良友》畫報，還有良友圖書印刷公司，都成為上世紀三十年代上海文化產業中的翹楚。

　　《良友》先後有五任主編。除了伍聯德，依次為周瘦鵑、梁得所、馬國亮和張沅恒。在梁得所任內，《良友》漸入佳境；到馬國亮手中，《良友》達到輝煌時期，一紙風行，影響遍及長城內外，大江

三十年代的《良友》畫報

南北，以至有「《良友》無人不讀，《良友》無所不在」之説，聲名甚至遠播東南亞和歐美，儼然中國第一綜合性畫報。抗戰爆發，《良友》也遭厄運，停刊復刊，幾經曲折，終成強弩之末，風光不再。時代畢竟不同了，到了上世紀五十年代，《良友》在香港重振旗鼓，也仍然好景不長。

自從李歐梵在《上海摩登：一種新都市文化在中國（1930-1945）》中把《良友》作為中國都市文化「現代性建構」的一個範例，也自從馬國亮在長篇回憶錄《良友憶舊》中把《良友》作為上海逝去的風華歲月的一個見證（應該補充一句，伍聯德在香港出版過一部《良友・回憶・漫談》，可惜在內地鮮為人知，否則與《良友憶舊》對照研讀，一定饒有興味），《良友》重又身價百倍，懷上世紀三十年代上海時尚文化之舊，《良友》斷斷不能缺席。現在以《良友》為題撰寫碩士、博士學位論文的，也已大有人在了。

　　然而，除了人們已經熟知的廣告的《良友》、時裝的《良友》、摩登女性的《良友》、中外電影明星的《良友》等等時尚的《良友》，還有其他更多的《良友》。至少，我們不難發現政治（時人）的《良友》、軍事的《良友》、經濟的《良友》、科學的《良友》、人文地理的《良友》、自然景觀的《良友》、少數民族的《良友》、體育的《良友》、文學的《良友》、藝術的《良友》、攝影的《良友》——實在是豐富多彩，引人入勝。《良友》是多元的，複雜的，不斷變化的，開闢了上世紀三十年代上海都市文化的一個「公共空間」。我們不能以偏概全，把《良友》視作單調的，只具備一種色彩。

　　即以其中最為豐富多元和不斷變化的，從某種意義上講也是最為吸引人的文學的《良友》為例。文學《良友》的作者群真廣泛，魯迅、胡適以降，現代中國文藝界的各路豪傑幾乎一網打盡。更重要的是，發表在《良友》上的小說散文，既有市場化下的時尚寫作（這類作品當然占了不小的比例），如穆時英的〈黑牡丹〉、郭建英的〈不知道憂鬱的女人〉、斐兒的〈被拋棄的男子〉、林微音的〈一個謎的解答〉等等；也有左翼作家為大眾吶喊的真誠呼聲，如田漢的〈荊棘之路〉、茅盾的〈證券交易所〉、適夷的〈紡車的轟聲〉、丁玲的〈楊媽的日記〉、穆木天的〈東北的回憶〉等等；還有歷史題材的佳作，如王家械的〈成名之後〉、滋穆的〈華亭鶴〉（「滋穆」顯然是一個筆名，編者透露他是「五四」新文學名重一時的大手筆，經查考，原來是文學研究會發起人之一的王統照）等等；更有許多自由主義作家的優秀作品，如胡適的〈請大家來照照鏡子〉、施蟄存的〈春陽〉、巴金的〈玫瑰花的香〉和〈在廣州的最後一晚〉、郁達夫的〈上海的茶

樓〉、蘆焚的〈生命的燈〉、老舍的〈抬頭見喜〉等等。此外，藝術家的精彩之作也不少，如徐悲鴻的〈我在印度〉、豐子愷的〈羞恥的象徵〉、馬思聰的〈童年追想曲〉、葉淺予的〈北平古趣〉等等。其中不少是至今未曾編集的佚文，林語堂頗為重要的〈談畫報〉就為任何一種林語堂作品集所失收。

儘管文學作品在《良友》中不占突出的位置，每期只刊登一、兩篇，有點聊備一格的意思，但文學《良友》真正是百花齊放、「眾聲喧嘩」的。說《良友》向上個世紀三十年代各種傾向的有名無名的作家提供了一個發表己見、交流切磋的「平臺」，開闢了上個世紀三十年代上海都市文學和文化的一個「公共空間」，應該是符合歷史事實的。值得注意的是，當年那些文壇老手也樂意在《良友》亮相，不像今日一些知名作家不願與時尚刊物有所瓜葛，彷彿為之撰稿就大跌身價似的。比之前輩，他們應該為自己的狹隘感到羞愧。

（2004年1月21日）

楊樹浦的聲音

　　楊樹浦，《上海掌故辭典》（1999年12月上海辭書出版社）未列詞目，更早出版的《上海文化源流辭典》（1992年7月上海社會科學院出版社）反而列了，有三種解釋：河道、片區地名和行政地名。研究上海近代史的大概更注意第二種解釋：原指從提籃橋到楊樹浦之間的區域；十九世紀末租界延長至楊樹浦以東的楊樹浦路，其所指區域約從提籃橋至軍工路的沿浦（黃浦江）地區。到了上個世紀三十年代，楊樹浦成為上海具有代表性的工業區，有名的英商自來水廠、英商怡和紗廠及眾多華商紡織廠、匯山碼頭等全部聚集於此，與滬西的摩登消費區形成強烈的反差。

上海的美麗時光

三十年代的邵洵美

描寫楊樹浦最著名的文學作品莫過於夏衍的《包身工》及其餘話，這篇報告文學揭示了楊樹浦日商紗廠對中國「包身工」的嚴重壓榨。細緻的實地調查、深入的社會分析和充滿激情的文筆，使這篇作品對「童工」遭遇這一新聞事件的報導具有了更為深廣的內涵和更深遠的藝術感染力。作品中「蘆柴棒」的悲慘、「拿摩溫」的兇殘，在相當長的一段時間裏成為三十年代上海經濟生活中兩種典型人物的代名詞。文章最後所說的「黎明的到來還是沒法可抗拒的。索洛警告美國人當心枕木下的屍骸，我也想警告這些殖民主義者當心呻吟著的那些錠子上的冤魂」，至今讀來仍使人心靈震撼。

作為以改造社會為己任的左翼作家，夏衍寫出《包身工》這樣的作品本在情理之中。在我們的文學記憶中，當時關注楊樹浦工人生活的遠不止夏衍一人，另一位左翼作家樓適夷也寫過〈紡車的轟聲〉，同樣頗為感人。出人意料的是，被稱為「新月的餘燼」的邵洵美

也與楊樹浦結下不解之緣。邵洵美其人，讀過李歐梵《上海摩登》的當不會感到陌生。他的詩人氣質，他的浪漫生活，他的異國情愛，一直被認為是「花一般的罪惡」，是文學史上摩登上海的現代造型。他的名字更多的是與時尚、與頹加蕩、與濁世才子聯繫在一起，沒想到他也寫過〈楊樹浦的聲音〉這樣鮮為人知的文字。

邵洵美為自己的詩集《花一般的罪惡》精裝本設計的封面

當時邵洵美在上海主持時代圖書公司，雄心勃勃地編輯出版《時代》畫報與《良友》畫報相抗衡。也許為了就近監督平涼路時代印刷廠的工作，他舉家自滬西同和里華宅移居楊樹浦匯山碼頭附近，從「上隻角」搬到了「下隻角」，以致他的美國情人項美麗責怪他「選擇居家的區域是和習慣相反的」。

在楊樹浦生活的日日夜夜，這位風流詩人耳聞目睹了楊樹浦與滬上其他區域截然不同的聲音：

　　在靜安寺路有的是橡皮汽車輪
　　在平滑的柏油路上靡過的聲

音；在霞飛路上有的是白俄的壞皮鞋踏在水門汀人行道上的聲音；在愛多亞路有的是三五成群的人高笑狂罵的聲音；在明高脫路有的是木屐和槍柄拖在地上的聲音。但是楊樹浦是上海最奇怪的地方，什麼聲音都有。

工廠和輪船上的氣笛互相酬答聲；喝醉的水兵自己給錯了腳步掉下地去又站起來的咒罵聲；裝著重量物件的卡車，走過你門口時，全屋宇的顫抖聲；向女工的調笑聲，女工不願意時的咒罵聲，屈服後的約會聲；一夜喊到天亮的叫賣聲；偶然間單調的手槍聲——這是楊樹浦的交響曲。

然而在這交響曲中楊樹浦所特有的最使人驚心動魄的聲音是「救護車的警號」，「這淒慘的調子，正是描摹者悲痛和求救的聲音」，邵洵美「每次聽到總心跳，常是暗暗地祝禱受傷者不久便可以脫離危險」。當時楊樹浦各種中外工廠裏勞動防護的缺乏，工人的生命毫無保障，以至邵洵美斷言楊樹浦是「生死沒有把握的地方」，他沉痛地訴說在楊樹浦求生的工人「他們唯一的財產是命，他們唯一的工具是力；他們用力去保全他們的命。救護車的警號便是一種命與力的喊叫。住在楊樹浦，多聽了這種聲音，更會明白生命的意義和力量的作用」。同時，邵洵美也清醒地認識到工人們「所注重的是生存，不是奢侈。他們明白，奢侈不過是一種多餘的享樂，不像中心區人竟然看作是一種需要和願望」。

通過〈楊樹浦的聲音〉，我們分明真切地感受到了邵洵美的知識

份子良知和人道主義情懷，這是難能可貴的。上個世紀三十年代作家的思想、生活和創作狀況往往十分複雜，真實的邵洵美並非我們以前所想像所描述的那麼簡單，就像「採菊東籬下，悠然見南山」的陶淵明，其實也有金鋼怒目的一面。

（2004年2月4日）

海派小品集叢
许道明 冯金牛 选编
汉语大词典出版社

深夜漫步
林微音集

林徽因 VS 林微音

　　上周鄭培凱先生〈林徽音／因〉一文討論著名「京派」女作家、學者林徽因的名字到底怎麼寫，並提出一個可稱她作「林徽音／因」的「後現代」解決法，頗為有趣。

　　其實，如果尊重本人的意願，當然該稱她自己改定的林徽因。林徽因原來發表詩文署名林徽音不假，不幸的是，上世紀三十年代上海灘還有一位活躍的男作家林微音，時有大作見諸報端，名字卻僅一字之差，字形又極相近，以致讀者往往把林徽音和林微音誤作一人，令林徽音十分頭痛。因此，到了1935年以後，林徽音為免混淆，毅然把自己的名字改為林徽因。不過，這改名是個過程，甚至出現林徽音和林徽因同時使用的情況，令讀者困惑。1935年3月《中國營造學社

彙刊》5卷3期發表〈晉汾古建築預查紀略〉，首次署名林徽因、梁思成。但兩個月後《學文》創刊號發表她的有名的短篇小說〈九十九度中〉和新詩〈你是人間的四月天〉，仍署名林徽音和徽音。大概到1936年以後，林徽音這個名字才完全從文學報刊上消失。

說到林微音（1899-1982），自然也非等閒之輩。這位生於蘇州的金融界才子，有點不務「正業」，喜歡舞文弄墨，小說、新詩、散文都能來一手。他與「新月派」關係密切，第二本短篇小說集《舞》就是由新月書店推出的。上個世紀三十年代中期，又與邵洵美、朱維琪、龐薰琹等人合作創辦《詩篇》雜誌，影響不小。後來的文學史家認為林微音是「海派文學」的代表人物之一。九十年代，上海書店印行「海派文學作品選輯」時，還特意收入了他的中篇《花廳夫人》。不過，對他的小說歷來評價不高，連高中還未畢業的張愛玲在評價他的長篇《無軌列車》時也指出，小說雜寫都市摩登青年的情史，雖然「中間插入二十餘段與故事沒有密切關係的都市風景描寫，體裁很特別」，但是小說「寫上海，寫名媛，寫有閒階級的享樂，永遠依照固定的方式」，「不幸地陷入時下都市文學的濫調裏去」。「作者筆風模仿穆時英，多矯揉造作之處」。

一味模仿不可能產生優秀小說，相比之下，林微音的散文很值得注意。他只出版了一本散文集《散文七輯》（1937年1月上海綠社出版部），內容龐雜，其中「上海的點和線‧上海百景」尤為精彩，撲面而來的是一股濃郁的頹放氣息。霞飛路風情、沿吳淞路北行所見、外白渡橋遠眺、老新雅茶廳素描、城隍廟的燈市與香市、土耳其浴室與按摩、當鋪的奇遇、英法巡捕的當街追逐、沿街吆喝的報販、臘雪斯

舞場的「惡魔」── 一言以蔽之，上
個世紀三十年代上海灘的形形色色、點
點滴滴，雅與俗、美與醜、明與暗，聚
與散，林微音以他那支寫實的筆作了並
不粗疏的生動的描述。林微音式的「上
海寫真」較為真切地記錄了當時上海
都市生活自然的、特別是人文的景觀，
其光怪陸離的風致、五彩斑斕的情韻，
對今天的讀者而言，無疑具有風俗史
的意味。

　　所以，研讀上世紀三十年代上海文
化人的某種心態和生態，千萬不要忘了
林微音其人其文。

1934年出版的林微音長篇小說
《花廳夫人》

　　　　　　　（2004年2月9日）

不要忘了王瑩

　　隨著《周璇日記》的出版，隨著長篇《金嗓子周璇》的連載，隨著重現周璇一生的三十集電視連續劇即將開拍，眾多女影星爭演周璇，又一波「周璇熱」已經興起。當年上海灘紅得發紫的三大女影星，阮玲玉、胡蝶和周璇，現在終於都能重新風光一陣了。但上世紀三十年代上海灘還有一位令人注目的女影星王瑩，這些年卻被人有意無意地遺忘了。

　　施蟄存晚年寫過一篇回憶錄〈寶姑〉，說的就是王瑩。他對王瑩的印象是「我認識的王瑩並不是『明星』，而是一個初試筆墨的文學青年」。在上世紀三十年代上海的女影星中，王瑩的文化水準確實最高，她先後在上海藝大和復旦大學求學（復旦應以培養了這樣的電影

明星而自豪），踏入電影圈後，先後主演過《塞上風雲》、《狂歡之夜》、《女性的吶喊》等名片，名聲大噪。但她還是迷戀文學創作，幸好遇到施蟄存這樣樂於提拔文學新人的「名編」，於是不斷在《現代》、《文飯小品》等有名的文學雜誌上亮相，成為上世紀三十年代上海獨一無二的文壇、影壇雙棲明星，施蟄存就肯定了她「文學趣味極高」。

王瑩潔身自好，對當時上海影壇種種醜惡而黑暗的現象十分反感，她在1933年5月《現代》3卷1期發表的第一篇散文〈春雨〉中說：「清晨，迷濛中，覺著有誰輕輕地敲著窗紗。為了幾天來，做了惡的夢，那爵士音樂和紅綠燈下的夢。天氣暗而且冷，而且是春天裏的冬天。那些人的話，說謊的話，全都聽得疲倦了。那些險詐的心，黑的心，冷的心，也全都聽得厭倦了！那些戴著偽面具的臉，是更可

《女性的吶喊》中的王瑩

憎惡的啊！」這顯然是有所指的。後來她還發表了〈衝出黑暗的電影圈〉，在當時上海灘引起不小的震動。

王瑩的散文清麗沉著，於感傷哀婉中透露出抗爭和吶喊，論者以為「與蕭紅的散文風格有些接近」。其藝術感染力絕非當今那些自說自話、自怨自艾的「大牌」影星歌星一窩蜂推出的自傳和訪談錄之類可比的。遺憾的是，這些頗具特色的作品至今沒有系統整理出版。

1937年，王瑩因主演夏衍編劇的《賽金花》無意中得罪了藍蘋（江青），從此種下禍根，雖然她在抗戰時期因出色地主演活報劇《放下你的鞭子》，曾得到美國總統羅斯福的接見，為反法西斯盡過大力，可五十年代初回國後就厄運臨頭，直到在「文革」中被迫害至死。但她儘管身處逆境，還是不畏艱難，為後人留下了兩部感人至深的自傳體長篇《寶姑》和《兩個美國人》。

如果我要寫一部《現代上海女性文學史》，除了張愛玲、蘇青等大家熟知的名家外，我不會漏寫許廣平、羅洪、關露、趙清閣、宋清如、陸小曼、鳳子、潘柳黛、施濟美、歐陽翠等，我更不會漏寫王瑩。王瑩的一生大起大落，極富戲劇性，她的傳奇一定能拍成催人淚下的電影或電視連續劇，當今那些大牌影視編劇怎麼會沒想到她呢？

（2004年2月17日）

聖瑪利亞女校

　　聖瑪利亞女校（St. Mary's Hall）是上海開埠以後由外國人創辦的第二所教會（美國基督教聖公會）女中，歷史悠久。該校數度遷移，最後在上海白利南路（今長寧路）建造新校區（今東華大學長寧校區）。當年張愛玲就在這裏度過了她初中和高中的求學生涯，寫出了她的「少作」〈不幸的她〉、〈牛〉和〈霸王別姬〉等等。二十世紀中國文學史上最為豔麗的一朵奇葩在這裏綻放出了最初的芬芳，這大概也是聖瑪利亞女校校史上最光彩的一頁。

　　筆者曾多次到那裏尋訪張愛玲當年的足跡。雖然早已人去樓空，雖然咫尺之遙的輕軌火車車聲隆隆以及周遭高聳入雲的新樓陰影籠罩，但樹影婆娑，綠草如茵，聖瑪利亞女校的主要建築包括當年學生

30年代的聖瑪麗亞女校校園

張愛玲高中照片和題詞

做禮拜的小教堂仍完好無損地保存著。身處校區之中，春風拂面，「思古之幽情」油然而生，彷彿時光倒流，少女張愛玲真的會從教室向你走來。

原來一直為張愛玲沒有為母校寫下點什麼而感到遺憾，以她的才情和妙筆，以她提到中學老師時的那般深情，如果憶寫中學生活，一定十分精彩。沒想到最近「出土」的她的中篇小說《同學少年都不賤》（顯然是借用杜工部詩「同學少年多不賤，五陵裘馬自輕肥」之意）正是以她中學時代的生活為藍本，不免感到意外的驚喜。

《同學少年都不賤》寫的是上個世紀三十年代上海某所教會女中一個寢室裏趙玨、恩娟、儀貞和芷琪四位女生的課餘生活，著重展示在封閉的環境下少女性意識的萌發。小說尤以趙玨、恩娟兩人的生活經歷為主軸，後半部分一直寫到七十年代兩人在大洋彼岸闊別重逢，一個與丈夫分手後去當傳譯員，生活很不如意；另一個卻做了美國政府高官的太太，正計畫帶女兒去法國，隱隱

透出了人世滄桑的無限感喟。整部小說採用倒敘手法，又首尾遙相呼應，人物刻畫鮮明，對話頗為生動，沿襲了張愛玲一貫的細膩文風，是張愛玲上世紀七十年代放棄英文創作重返中文文壇後一個可貴的嘗試，也是她後期小說創作的一部重要的作品。

不過，筆者特別感興趣的是小說前半部分對教會女中的描繪，無論「有點荒煙蔓草」的校園，無論星期日「寂寞無人的盥洗室」，無論沒裝紗窗的寢室夏夜「一陣陣進來江南綠野的氣息」，只要到過聖瑪利亞女校原址的，都會不難發現它的影子，不難發現張愛玲寫的正是母校當年的情景。甚至小說中東三省淪陷後，「學校裏組織了一個救國會，常請名人來演講」的情節，也正是張愛玲自己當年所親歷的。她當年在聖瑪利亞女校加入「國光會」，並成為該會刊物《國光》的主要作者。當然，張愛玲是在寫小說，不是寫回憶錄，不可

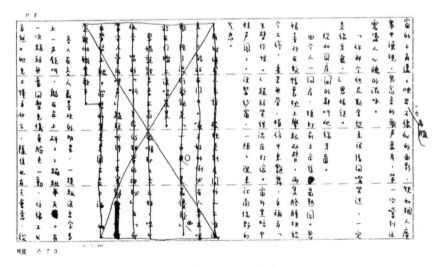

《同學少年都不賤》手稿第5頁

能也沒有必要過於坐實。問題在於張愛玲本可以大大發揮她的文學想像，卻在小說敘事時不自覺地攙入了對母校的懷戀，夾雜了對往昔的追憶，這是耐人尋味的。

　　《同學少年都不賤》的面世必將引起「張迷」的高度關注和「張學」界的熱烈討論，進行多種解讀，這部小說與張愛玲母校的淵源關係看來也會成為探討的內容之一。筆者一直擔心聖瑪利亞女校原址即現在的上海東華大學長寧校區有朝一日會被無情的推土機鏟平，然後代之以千遍一律、毫無生氣的後現代高樓大廈，還以為《同學少年都不賤》的發現或許可以使之逃脫這一厄運。無情的事實卻是再過三個月，這所有紀念和保存價值的教會女中原址真的要從上海地圖上永遠消失了，房地產開發商才不會管你張愛玲不張愛玲的。幸好《同學少年都不賤》還在，作為張愛玲中學生活的文學再現，它將一直存在著，也將一直會被人評說著。

（2004年2月25日）

徐家匯藏書樓

　　上周包亞明兄談他旁觀徐家匯商業圈近年的造夢過程，頗有意思。

　　在我的記憶中，徐家匯值得我縈繞夢迴的，不是曾想在耶誕節去聆賞讚美詩而最終沒有去成的上海最大的天主堂，也不是被稱為中國近代美術搖籃的「土山灣畫館」，更不是今日流金溢彩，令白領、「小資」流連忘返的「太平洋百貨」和「港匯廣場」，而是與巍峨宏麗的天主堂毗鄰的僅四層樓高的徐家匯藏書樓。

　　隸屬於徐家匯天主堂耶穌會總院的藏書樓，又稱「匯堂石室」，建成於1847年，仿西歐教會大藏書樓式樣，莊重典雅，是上海最早也是最大的教會圖書館，主要為教士提供閱覽。徐家匯藏書樓藏書之多之精，聞名遐邇，珍貴的中世紀以降印行的各種文字的《聖經》、各

徐家匯藏書樓內景

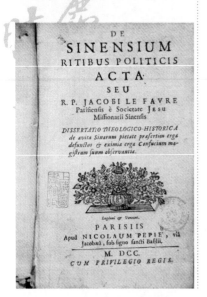

1700年巴黎拉丁語版《中國會典》

國著名的《百科全書》、中國歷代地方誌、近代上海《申報》、《萬國公報》等重要報刊，琳琅滿目，應有盡有，甚至還發現過英國大文豪狄更斯的私人藏書，是一個中西文化交匯的資料寶庫。上個世紀五十年代以後，這裏又成為民國時期出版物最為豐富的聚藏地。從事上海近現代史、上海近現代文學史研究的，沒有到過徐家匯藏書樓，簡直不可想像。

我是上個世紀七十年代中期開始與藏書樓結下不解之緣的。十年冷板凳的滋味，我在藏書樓裏算是真正體會到了。有一個時期，不管颱風下雨，我差不多每天第一個踏進藏書樓，最後一個離開藏書樓，埋首於塵封的故紙堆，追尋著前賢的留痕印記。在藏書樓裏，我為注釋《魯迅全集》書信卷查核史料；在藏書樓裏，我發掘了張愛玲的早期佚文；在藏書樓裏，我還與周作人、徐志摩、郁達夫、梁實秋等我心儀的現代文壇大家親近……更為重要的是，我在藏書樓裏親身見證了對待歷史資料從封

閉到開放、從人為封鎖到提供實用的巨大變化過程，藏書樓成了上海的一座顯著的文化開放的晴雨表。藏書樓帶給我的不僅僅是發現的愉悅，我中青年時代的大好時光就這樣與藏書樓緊密聯繫在一起，重疊在一起，融為一體了。

真要感謝著名建築學家陳從周先生。十多年前上海地鐵一號線建造時，藏書樓差一點被犧牲掉。正是陳從周先生出於建築學家和歷史學家的良知，大聲疾呼，據理力爭，才使藏書樓得以倖存。否則，我們這一代真要愧對後人了。當然，藏書樓是好不容易保存下來了，但上海還有許許多多具有重要歷史意義的建築被拆除了，永遠消失了，不能不使人惋惜，也不能不使人反省，我們所追求的現代化的代價是不是太大了？

徐家匯天主堂

藏書樓經過精心修繕，已經重新開放，以收藏1949年以前海內外出版的各式各種外文書刊為其新的特色，正熱切期待著海內外的專家學者和普通讀者前來查閱使用。它已與天主堂、徐光啟

墓、徐匯中學舊樓等成為真正的徐家匯地區的標誌性建築，成為徐家匯地區堪與消費大潮、時尚風情分庭抗禮的文化象徵。我已經很久沒去藏書樓了，應該抽個時間去重溫舊夢。

（2004年3月3日）

《婦人畫報》

　　1934年4月《婦人畫報》創刊時，上海灘上早已有了《玲瓏婦女雜誌》。兩者都屬於介紹女性時裝、美容，討論女性戀愛、婚姻的時尚雜誌。用張愛玲的話說，滬上「女學生們人手一冊的《玲瓏》雜誌」，「一面傳授影星美容秘訣，一面教導『美』了『容』的女子怎樣嚴密防範男子的進攻」。雖然張愛玲對此不以為然，但《玲瓏》確實贏得了眾多女性讀者的青睞，用現在的話說，就是搶佔了市場先機，《婦人畫報》要後來居上，談何容易。

　　最初九個月的《婦人畫報》確實平平，乏善可陳。但1934年1月自新年革新號起改由郭建英主編後，《婦人畫報》真的走上了一條革新之路，面目煥然一變。郭建英其人實在可圈可點。他學的是經濟，

《玲瓏》第二期封面

晚年郭建英

又長期在銀行界服務（上個世紀上海作家中投身銀行界的不在少數，三十年代有宋春舫、林微音、康嗣群，四十年代有王辛笛，等等），但他鍾情的還是文學，創作、評論、翻譯都能來一手，雖然並不十分出色，最為擅長的還是都市摩登生活漫畫，有《建英漫畫集》（1934年6月上海良友圖書公司）行世。筆者三年前編了一部《摩登上海——郭建英漫畫集》，把《建英漫畫集》全書和郭建英的集外漫畫彙編成一帙，竟大受歡迎，不脛而走。可見時隔近七十年，郭建英的「摩登上海線條版」仍有其藝術魅力。

因此，郭建英主持《婦人畫報》筆政後，在保持雜誌時尚特色的同時，逐步注入了文學藝術的因素。劉吶鷗、穆時英、施蟄存、徐遲、陳江帆、侯汝華、黃嘉德、姚蘇鳳等人的名字開始在《婦人畫報》上出現了。這些都是上個世紀三十年代上海文壇頗有知名度的中青年作家、詩人，有的還涉足電影，他們並不因為《婦人畫報》是通俗刊物而

拒絕為之撰稿。甚至遠在香港的青年新文學作家杜格靈也來加盟。

當然，無論詩文，大都與愛有關，與情有關，與都市的燈紅酒綠、兩性糾葛有關，像劉吶鷗發表的就是〈殺人未遂〉、穆時英發表的就是〈聖處女的感情〉、施蟄存發表的就是〈耶誕節的豔遇〉、徐遲發表的就是〈戀愛的夢的斷片〉、黑嬰發表的就是〈SHADOW WALTZ〉，諸如此類。特別應該提到的是鷗外鷗，他後來以別出心裁的現代詩獨步中國新詩壇，此時卻以愛情散文家的身份頻頻亮相，所作〈戀愛政見〉、〈戀愛憲法〉、〈戀愛學XYZ〉、〈股份ISM·戀愛思潮〉、〈萬有吸引律〉等文，探討兩性關係，述說戀愛真諦，想像大膽奇特，文字幽默生動，從而成為《婦人畫報》一個突出的亮點。郭建英為他們作品所配的精妙漫畫，也吸引了不少讀者的眼球。

《婦人畫報》無疑應歸入浪漫輕柔型，與那些沉重的「宏大敘事」形成對立的兩極。但上世紀三十年代上海文壇

《婦人畫報》三月號封面

本來就是多元化並存的格局，作為這多元中之一元，作為都市文學不可缺少的一部分，《婦女畫報》及其詩文漫畫自有其存在的理由和價值。郭建英主編的《婦人畫報》游走徘徊於俗與雅、大眾文學與純文學、流行與經典之間的經驗是值得關注、值得研究的。

（2004年3月9日）

煤煙・河

　　上個世紀二十年代初，負笈東瀛的創造社主帥郭沫若在筆立山頭高聲歡呼：

> 黑沉沉的海灣，停泊著的輪船，進行著的輪船，數不盡的輪船，
> 一枝枝的煙筒都開著了朵黑色的牡丹呀！
> 哦哦，二十世紀的名花！
> 近代文明的嚴母呀！

　　對二十世紀現代化「大都市的脈搏」極盡謳歌之能事，對資本主義工業文明極盡讚美之能事，這首氣勢恢弘的〈筆立山頭展望〉也成

為郭沫若的名詩之一。

沒想到十年之後，創造社小夥計葉靈鳳寫下了〈煤煙〉和〈河〉兩篇散文，對當時上海灘的資本主義物質文明進行了無情的鞭撻。〈煤煙〉和〈河〉作為「雙鳳樓隨筆」（葉靈鳳和愛妻郭林鳳名字中都有「鳳」，故把書房稱為「雙鳳樓」）之三和之五，先揭載於《上海漫畫》，後收入《葉靈鳳小品集》。在〈煤煙〉中，葉靈鳳告誡讀者，「在現在的江南，尤其在上海，隨著太平洋的高潮沖進來的近代物質文明，經濟侵略的工具搖撼了江南明媚靜謐空氣中的詩意，天邊矗立起了黑色的怪物，從此江南的客人來時也非洗臉不可了」，「雖然中國沒有工廠煙囪的地方還很多，但是立在上海的屋頂上要想沒有煙囪遮斷你的視線已是不可能的事了」。

在〈河〉中，葉靈鳳對當時被污染的蘇州河和上海市內其他河道更是痛心疾首：「一條污沌的蘇州河，西段幾乎完全給工廠占住了。腐了的蠶繭的臭味，豆餅的臭味，小麥粉碾起的灰塵，你若不是為了衣食問題咬了牙齒在那裏作牛馬的人，你簡直一分鐘也不能停腳。」「蘇州河雖然沒有一點給行人流連的趣味，但是蘇州河還是上海市中比較清潔的一條水道，你去看看斐倫路和徐家匯路兩條不知名的河道」，「河身留著一種紅而又黑，黑裏帶綠的凝滯的死水」，「你只要是光臨過一次的人，你就知道這兩條河的污穢已經到了什麼程度」。葉靈鳳不得不發出這樣沉痛的感歎：「僅是在靜安寺路霞飛路走著的人，大約誰也不相信同一市內會有這樣非人間的境地。」

郭沫若所歌頌的和葉靈鳳所詛咒的，正好形成鮮明的對照，有趣而耐人尋味。即便是郭沫若，一年後回到上海，輪船剛駛進黃埔江時

還在抒情：「岸草那麼青翠！流水這般
嫩黃！」一接觸嚴酷的現實，馬上也在
〈上海印象〉詩中對上海的燈紅酒綠、
醉生夢死加以抨擊：

> 遊閒的屍，
>
> 淫囂的肉，
>
> 長的男袍，
>
> 短的女袖，
>
> 滿目都是骷髏，
>
> 滿街都是靈柩，
>
> 亂闖，
>
> 亂走。

民國初年的蘇州河

葉靈鳳（左一）與劉吶鷗（左二）等人合影

　　所以，正如筆者在另一個地方所
說過的，懷舊完全可以，但千萬不要把
三十年代的上海看成是一派風光，當然
也不必看成是一片黑暗。

　　其實，〈煤煙〉和〈河〉還觸及了
「環保」問題。上海的生態污染在上世
紀三十年代可以說比以往任何時候都要
嚴重。現在有人專門研究歐美的生態文
學，把寫了〈瓦爾頓湖〉的梭羅視為浪

漫主義時代最偉大的生態作家。同樣是浪漫主義作家的葉靈鳳這兩篇並不怎麼起眼的散文，也不妨可以看作中國現代生態文學的雛形。今天上海市中心早已不見林立的煙囪，蘇州河也已水青如碧，環境保護的成就有目共睹。只是蘇州河兩岸一個接一個「親水樓盤」的建造，使我等老百姓仍無法到蘇州河畔散步流連，這就又是令人深思的了。

（2004年3月17日）

〈傾城之戀〉

　　〈傾城之戀〉可算張愛玲的代表作之一，這部中篇小說的影響如此之大，以至數十年後，美國「張迷」李歐梵教授還興致勃勃地以小說男主角范柳原為原型創作了續篇《范柳原懺悔錄》。上個世紀新文學史上，誕生於上海的名著，後來被好事者續貂的，還有一部稍晚於〈傾城之戀〉的長篇《圍城》，錢鍾書老先生為此還大光其火，幸好張愛玲早已沉睡於太平洋波濤，無從表態了。

　　當年張愛玲自己對〈傾城之戀〉也有所偏愛，親自動手將其改編成四幕八場話劇，由朱端鈞導演，梁樂音譜曲，作為上海大中劇藝公司成立的首部話劇，於1944年12月16日，在上海新光大戲院獻演，連演八十場，盛況空前。張愛玲撰寫話劇劇本，這是唯一的一次，十分

可惜的是劇本（包括演出本）未能保存下來，否則海內外「張迷」又可像近日對待新「出土」的中篇〈同學少年都不賤〉那樣，大大興奮一陣了。

然而，保存下來的關於話劇《傾城之戀》的史料還是有的，那就是《傾城之戀》「演出特刊」。那是一冊小三十二開僅十八頁的小冊子，雖不敢說是海內孤本，至少也該是鳳毛麟角了。書中除了〈幕前致辭〉（周麟生作）、〈希望於話劇者〉（修常作）兩文，都是話劇《傾城之戀》的介紹和評論。有張愛玲的「夫子自道」〈關於《傾城之戀》的老實話〉和〈羅蘭觀感〉（羅蘭，《傾城之戀》女主角白流蘇的扮演者是也）、柳雨生（柳存仁）的〈如果《傾城之戀》排了戲〉、蘇青的〈讀《傾城之戀》〉、應賁的〈傾城篇〉、霜葉的〈舞臺上的《傾城之戀》〉等，還有話劇《傾城之戀》「本事」（劇情介紹）、演員表、職員表和多幀珍貴的舞臺劇照，堪稱豐富多彩。

其中特別令人感興趣的是，後來成為著名翻譯家的董樂山以麥耶的筆名所作的〈無題篇〉，強調張愛玲小說的「技巧多少是中國新文藝運動以來的創見」，她「作品中的Heroice皆是現代中國女性的某一面的典型」。而署名童開者把《傾城之戀》與曹禺名劇《北京人》相提並論，認為這兩部話劇「都同樣充沛著對人類無上的熱愛之情」，也耐人尋味。最使人忍俊不禁的是張愛玲姑姑張茂淵也來湊熱鬧，杜撰了「流蘇的話」和「柳原的話」，「白流蘇」看了《傾城之戀》之後為自己辯護道：

人人以為這《傾城之戀》說的就是我。所有的親戚朋友們看見了我都帶著會心的微笑，好像到了在這裏原原本本發現了我的秘密。

其實剛巧那時候在香港結婚的，我想也不止我一個人。而且我們結婚就是結婚，哪兒有小說裏那些囉囉嗦嗦，不清不楚的事情？根本兩個背地裏說的話，第三個人怎麼會曉得？而且認識我的人應該知道，我哪裏有流蘇那樣的口才？她那些俏皮話我哪裏說得上來？

這冊《傾城之戀》「演出特刊」於研究〈傾城之戀〉有益，於研究張愛玲有益，也於研究淪陷時期上海複雜的文化氛圍和運作態勢有益。只有研讀了這類第一手的史料，才有可能對當時上海的世態人情和市民階層的文化品味做出破除概念化的真切的判斷。

（2004年3月22日）

「女作家」種種

　　近年，「美女作家」的是是非非攪得大陸文壇很不安寧，最近連「美男作家」也冒了出來。文壇的這種怪現象並不新鮮，類似情形早已在上個世紀三十年代就已出現了，也許可稱之為「古已有之，於今為烈」。

　　當年上海灘上有位「女詩人」虞岫雲，來頭不小，是大名鼎鼎的浙江財閥、曾任上海總商會會長的虞洽卿的孫女，虞洽卿可是助蔣中正攫取全國政權的重要人物。1929年上海攝影畫報社出版的一本《閨秀影集》中有虞岫雲的玉照，文字說明如下：「虞岫雲女士現肄業於愛國女校文科，中文頗有根底，精詩詞，善演劇——誠文武雙全之閨秀也。」這位出身豪門的虞小姐不像別的富家千金名媛，喜歡時裝打

扮，熱衷於吃喝玩樂，不知怎的迷戀上新文學，醉心於舞文弄墨、吟詩作對，而且還是寫時髦的新詩。她於1930年1月用虞琰的筆名，由上海現代書局出版了新詩集《湖風》。當年不時興而今大陸流行的「買書號」，但出版了《現代》文學雜誌，被譽為上海新文學出版「四小龍」（北新、開明、光華和現代）之一的現代書局能推出這位無名「女詩人」的詩集，恐怕泰半也是賣虞洽卿的面子。

「詩窮而後工」，虞岫雲養尊處優，她的新詩集寫得不怎麼樣，也就可想而知了。書中〈夜的呻吟〉、〈失去了心之夜〉、〈我願化作青煙〉等詩，憂鬱而感傷，頗有點無病呻吟的意味，難怪魯迅要批評說，「一個家裏有些錢，而自己能寫幾句『阿呀呀，我悲哀呀』的女士」，就能「尊之為『女詩人』」，實在有點可笑。詩集出版四年以後，好像仍然賣不出去，以致《現代》雜誌要為之重做廣告，以吸引讀者：《湖風》「作者以是卓越的詩才，豐富的情感，寫下音節美麗的詩，能使人拋下人世的苦杯忘卻憂煩」。

平心而論，虞岫雲寫新詩純屬個人愛好，出版一部詩集也未必是壞事，至少能說明上世紀三十年代初「新文學」已深入人心。壞就壞在好事之徒的過分炒作。虞岫雲戴上「女詩人」桂冠之後，五花八門的無聊吹捧就接踵而來，諸如〈女詩人虞岫雲之近況〉、〈女詩人否定訂婚〉、〈女詩人訂婚〉之類，不一而足，就差沒有鬧出緋聞了。

在虞岫雲出版新詩之前，1929年2月，曾孟樸、曾虛白父子主編的《真善美》月刊約請張若谷編選了該刊「一周年紀念號外」《女作家專號》，發表了呂碧城、冰心、蘇梅（蘇雪林）的新舊體詩，盧隱、陳學昭、吳曙天的小說，白薇、袁昌英、趙慧深的戲劇，蘇雪林

的評論〈梅脫靈克的《青鳥》〉等等。特別是邵洵美作〈希臘女詩聖莎第〉，還可能是「五四」以來第一篇對這位影響西方文學至為深遠的古希臘女詩人的系統評論（稍早還有周作人的評介，但較簡略），內容豐富多彩。但魯迅對此也不以為然，揶揄道：「在醫學上，婦人科雖然設有專科，但在文藝上，『女作家』分為一類，卻未免濫用了體質的差別，讓人覺得有些特別的。」

由此看來，無論「女詩人」還是「女作家」，不從文學本位出發的性別炒作，哪怕她已有文名，成就不小，仍難免會使讀者反感。幸好當年還不像今天，還沒人公然以「美女作家」、「身體寫作」為招徠，否則，對這類更過分更肉麻的炒作，魯迅一定也會毫不留情地予以針砭。

（2004年3月30日）

徐訏這個人

　　最近，徐訏女兒葛原出版了《殘月孤星：我和我的父親徐訏》
（2003年12月上海文藝出版社）一書，作家徐訏又重新引起讀者，特別
是中年以上讀者的興趣。

　　徐訏這個人真是一言難盡。作為作家，徐訏小說、散文、新詩、
話劇和評論無一不能，特別是他的《鬼戀》、《風蕭蕭》、《江湖
行》等長短篇小說，膾炙人口，在二十世紀中國文學史上也占有特殊
的地位。他的小說又特別適合改編成電影電視。早在四十年代，《鬼
戀》就在上海被搬上銀幕；五、六十年代，香港影壇改編最多的作家
也是徐訏。當然，九十年代由《鬼戀》改編的《人約黃昏》（陳逸飛
執導，梁家輝主演）更是深受觀眾喜愛。至於《江湖行》改編成電視連

殘月孤星

《人約黃昏》海報

續劇，竟能請出當今大陸大牌作家余華、劉毅然等執筆，其影響力也就可見一斑了。

徐訏的文學生涯其實是在上海起步的，《鬼戀》就誕生在上海。他在上海結識了魯迅，他在上海協助林語堂編輯《論語》和《人間世》。而後又在上海與孫成合作創辦《天地人》半月刊。這《天地人》雖只出版了十期，鮮為人知，卻十分精彩。英國作家D.H.勞倫斯的曠世名著《查泰萊夫人的情人》中文譯本最初就是在《天地人》連載的（未完）。徐訏在連載時還強調：「站在文學的立場上，郁達夫先生的介紹是可注意的，尤其他將其所謂『誨淫』的地方同《金瓶梅》作了比較，説出它文藝技巧的高下；站在文化的立場，林語堂先生的談話是可注意的，他特別提出這書的要旨是罵英國的黃金主義與機器文明。我們的思想與主張不需要與勞倫斯同，但是這本書值得一讀終是無疑的。」（郁、林兩位最早向國人推介勞倫斯這部名著）。現在徐訏的這個意見也

很可注意了。《天地人》還發表了徐志
摩、劉半農差點湮沒的遺作,這些都可
圈可點。

然而,作為一個普通人,徐訏卻是
不幸的。他1936年離滬赴巴黎大學攻
讀哲學。在法留學期間,與一位日本女
留學生一見鍾情,共同演繹了一段轟轟
烈烈的傾城之戀,卻因抗戰軍興,不得
不毅然割斷情愫,回到上海投身抗日洪
流。許多年以後,這位日本才女也已成
為日本著名的作家,撰寫回憶錄時,還
對這段異國熱戀深切懷念,唏噓不已。
此後,徐訏與葛原母親結合,卻又不
得不在1950年離滬赴港。從此兩地阻
隔,杳無音訊。葛原母女被迫留在上海
孤苦無助,相依為命。

徐訏未能再踏上上海的土地。他的
晚景很有點淒涼。他對上海有深深的懷
戀,對在上海的親生骨肉也有深深的歉
疚,畢竟他在上海與葛原只共同生活了
五十三個晝夜就天各一方了。更令人扼
腕的是徐訏彌留之際,葛原自滬抵港探
望,嚐盡金錢世界的世態炎涼,差一點

徐訏《風蕭蕭》初版封面

臺灣版《徐訏全集》封面

無法與父親訣別。徐訏一輩子寫盡了十里洋場的獨特風光與無限風情，寫盡了捲入情感漩渦的亂世男女細膩豐富的內心世界，絕不會想到他自己的愛情和親情也如此坎坷，留下無盡的遺憾。其離奇，其曲折，其無奈，比之他的小說更是有過之而無不及的。

近來，上個世紀與上海有瓜葛的富於傳奇色彩的著名作家，像徐志摩，像張愛玲，他們的生平被爭相搬上銀幕和螢幕，現在已經輪到難度最大的魯迅了。徐訏這個人與上海的不解情緣，何時也能搬上銀幕或螢幕呢？

（2004年4月6日）

《天地人》創刊號封面

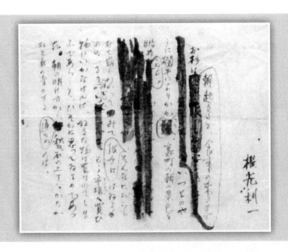

《上海》

　　以上海為題材的長篇小説，近代有韓邦慶的《海上花列傳》和朱瘦菊的《歇浦潮》，都十分有名；新文學作品中，前有茅盾的《子夜》，後有周而復的《上海的早晨》，也都很有名，讀者早已耳熟能詳，論者也在不斷地評説，劇作家田漢早年也寫過一部未完成的長篇《上海》，甚至還有人提到法國馬爾羅所著的《人的命運》。但日本作家橫光利一（1898-1947）也有一部《上海》，知者恐怕就不多了。

　　橫光利一並非等閒之輩，他一度與後來獲得諾貝爾文學獎的川端康成齊名，是日本「新感覺派」的靈魂人物，中國的「新感覺派」作家，如劉吶鷗、穆時英等，都是奉他為祖師爺的。《上海》是橫光利一的長篇處女作，也是他新感覺主義創作的集大成者。初稿完成

橫光利一

橫光利一在赴滬船上

於1928年，幾經修改，1931年才最後定稿，出版「決定版」。小說以上海1925年震驚中外的「五卅」運動為背景，敘述主人公、銀行職員參木愛上土耳其浴室女傭阿杉，老闆娘阿柳出於嫉妒解雇了阿杉，阿杉慘遭參木舊友甲谷玷污，淪落風塵。參木轉職日本資本家在滬開設的紡織廠，對美貌女工芳秋蘭（其真實身份是中共黨員）關心照顧。在「五卅」反帝暴動中，參木兩次救出芳秋蘭。但在激烈的巷戰之後，芳秋蘭失蹤了，盛傳組織懷疑她與日本人勾結而被處決。參木也被當局認定通敵而走頭無路，只能躲到阿杉那裏藏匿，兩位往昔的戀人在昏暗中再次重逢。

以前研究者一直認為《上海》是橫光利一以自己旅居上海期間的所見所聞為素材而創作的，現在我們才確切知道橫光利一到上海是1928年，僅僅逗留了一個月，他根本沒有親歷「五卅」運動。《上海》中所描寫的「上海」雖然以真實的歷史事件為背景，卻是橫光利

一出於文學創作的需要而重新構築的。只是橫光利一在《上海》中所淋漓盡致地展開的「殖民地都市」、「貧民窟都市」和「革命都市」的想像，在本質上與上世紀二十年代的上海是能夠契合的，兩者之間形成了一種奇妙的張力。

探討橫光利一筆下的「上海」與人們基於生活實感而真實認知的上海的糾纏不清的關係，從時間到空間，是十分有趣的事。橫光利一把自己在滬一個月中捕捉到的東西作為上海的特徵加以凸現，一邊對廣為人知的上海的各種場所加以想像，一邊把許多無名的地方進行編織，以充分體現上世紀二十年代上海的複雜、多元和深不可測，從而進一步牽涉到國際資本大戰、殖民和民族主義、中國政局走向等重大問題。《上海》所塑造的眾多複雜的文學形象，所凸現的廣闊的想像空間，留給了我們多方面的啟示，《上海》不愧是「橫光文學的最高傑作」。

《上海》已有中譯本，可能因為是收錄在《寢園》（「橫光利一文集」之

《上海》改造社版

《上海》書物展望社版

《寢園》

一，2001年1月作家出版社初版）之中，並不顯眼，至今鮮有人關注。倒是在日本，《上海》已成為中國現代文學和「上海學」研究的熱點，連美國加州大學洛杉磯分校胡志德教授去年在華東師大演講，也是以這部《上海》為題。因此，中國學者不能視若無睹，應該認真研究《上海》。

（2004年4月14日）

咖啡館

不知是否有人做過專門考證，咖啡這種西方人不可須臾離身的提神飲料是何時傳入上海的，至少朱文炳1909年撰寫〈海上竹枝詞〉時就有一首提到了咖啡：

　　大菜先來一味湯，中間菜肴辨難詳。
　　補（布）丁代飯休嫌少，吃過咖啡即散場。

顯然，這是指西餐的飯後咖啡，還不是指「孵」咖啡館細細品嚐咖啡。也就在同一年，上海美國基督教會出版的一本《造洋飯書》小冊子中，把咖啡譯成了「磕肥」，倒也頗為形象，既是音譯，又暗含

可以減肥之意，據說這是中文書籍關於咖啡的首次記載。當時上海灘還有把咖啡譯成「高馡」、「考非」、「珈琲」的，名目繁多，不一而足。

　　上海咖啡館的勃興還是上個世紀二十年代末、三十年代初的事了，尤以霞飛路、靜安寺路和北四川路一帶最為集中。法租界的霞飛路充滿異國情調，標誌之一就是咖啡館林立，據說鼎盛時期咖啡館加上酒吧竟有一百二十五家之多。詩人林庚白1933年寫過一首〈浣溪紗·霞飛路咖啡座上〉，描寫的就是當時霞飛路華燈初上，咖香氤氳的情景：

> 雨了殘霞分外明，柏油路畔綠盈盈，往來長日汽車聲。
> 破睡咖啡無限意，墜香茉莉可憐生，夜歸依舊一燈瑩。

　　霞飛路上的咖啡館大都是白俄老闆開的。1917年「十月革命」之後，大批白俄湧入「東方巴黎」，到上海灘淘金，做服裝的，弄音樂的，當舞女的，幹什麼都有，自然也有人臻力於推廣「羅宋大菜」，弘揚咖啡文化。霞飛路上第第斯（DD'S）、卡夫卡斯（KavKas）、君士坦丁堡（Constantinople）、文藝復興（Le Renissance）四家最有名的咖啡館中，至少有三家老闆是白俄。那些已經窮極潦倒的白俄貴族在這些咖啡館裏借酒澆愁，借咖香麻醉自己，也就完全可以想見了。作家曹聚仁上個世紀六十年代初在香港寫過一篇〈文藝復興館〉，就生動地追憶「流落在上海的那些帝俄時代的王公貴人、富紳大賈，都以

此（指文藝復興館）為集合之所」，「把他們的心神沉浸在過去的回憶中，來消磨這可怕的現在」。

當時上海灘沐浴歐風美雨，或對外國生活方式心嚮往之的新派文人也對咖啡館情有獨鍾，他們或迷戀咖啡本身的刺激，感覺咖啡的效果「不亞於鴉片或酒」；或把咖啡館當作激發靈感、寫稿改稿的理想去處；或把咖啡館視為交友會友、談文說藝的合適場所。另一位上世紀三十年代作家張若谷就在〈俄商復興館〉一文中活靈活現地寫下「希臘鼻子式的長頰巴青年」、「上海有名的唯美詩人」（明眼人一看便知，這是指先是獅吼社後是新月派的重要詩人邵洵美）光顧文藝復興館的情景。在這些新派文人看來，上咖啡館是一種「有趣的生活」，正如張若谷在上文中借一位穿咖啡色西裝的青年之口所表述的：「坐咖啡館裏的確是都會摩登生活的一種象徵。」

顯而易見，若要研究上個世紀三十年代上海一部分「崇洋媚外」的文化人的日常生活，研究這批文化人的文藝創作，看來，咖啡館是不可或缺的。

（2004年4月21日）

「公啡」咖啡館

　　與霞飛路一樣，三十年代上海北四川路也可以稱為咖啡館街，雖然就數量而言，北四川路上的咖啡館稍遜一籌。但北四川路上的咖啡館與文學的關係更為密切，尤以與魯迅和中國左翼作家聯盟結下不解之緣的「公啡」咖啡館最為著名。

　　位於北四川路竇樂安路（今多倫路）交叉口，由猶太人開設的「公啡」咖啡館之所以出名，並不在它的環境如何舒適，情調如何優雅，也不在於它供應的咖啡多麼香濃醇美，而是在於它曾作為中國左翼作家聯盟領導層的一個秘密活動地點。夏衍、馮雪峰、馮乃超、陽翰笙等「左聯」前輩對此都有生動的回憶。1929年「雙十節」之後不久，「左聯」第一次籌備會就是在「公啡」二樓一間包間以「聚餐」的名

義秘密召開的。以後「左聯」籌備小組又多次在「公啡」開會。《魯迅日記》1930年2月16日有這樣的記載:「午後同柔石、雪峰出街飲咖啡。」看似平淡的短短十多個字,據馮雪峰回憶,就是去「公啡」參加「左聯」發起人「清算過去」、盡釋前嫌的討論會。正是在這次秘密聚會上,最後決定成立「左聯」,確立魯迅的「左聯」精神領袖地位,並推舉馮乃超起草「左聯」〈理論綱領〉。半個月後,「左聯」在上海正式誕生,二十世紀中國文學史從此揭開毀譽參半的新的一頁。

《魯迅日記》關於魯迅去「公啡」的明確記載,其實只有唯一的一次,即1930年6月5日載「午後同柔石往公啡喝咖啡」,大概又是參加「左聯」的有關會議吧?在此之前,1930年4月16日下午有「侍桁來,同往市啜咖啡」(侍桁即韓侍桁,三十年代頗具特色的文學批評家、翻譯家,一度與魯迅交誼甚篤,八十年代初我還拜訪過他,現也墓木早拱了),是不是也去了「公啡」,待考。而且,魯迅上咖啡館,三次分別用了「飲」、「喝」、「啜」三個動詞,十分有趣。文學大師到底與眾不同。

魯迅並不喜歡喝咖啡,也不喜歡「孵」咖啡館。他早就明確表示:我那裏是天才,我是把別人喝咖啡的時間也用在工作上了。他還是喜歡啜茗。清茶一杯,清談整日,本就是中國文人的一個傳統。魯迅之所以多次去「公啡」(《魯迅日記》一定有多次有意的失記),完全是出於「左聯」工作的需要,是一種策略,也是一種掩護。弔詭的是,原本「時尚」、管領風氣之先的咖啡館,竟也成了很不「時尚」、甚至有點危險的場所。不過,如果從另一角度思考,在三十年

代，「左翼」就是最為激進最為時髦的，「公啡」扮演這樣的角色，也就不足為奇了。

由於魯迅，也由於「左聯」，「公啡」咖啡館有幸得以在近年恢復，雖然氛圍已變得俗不可耐，生意也極為清淡，以致我去了一次之後就大倒胃口，絕不想再去。但「公啡」咖啡館畢竟是三十年代上海灘眾多咖啡館中唯一一個被恢復重建的，又與正待重新評價的「左翼文學」緊密關聯，優劣姑且不論，還是值得説一説的。

（2004年4月28日）

「上海珈琲」

1928年8月8日，上海《申報》副刊《藝術界》的「咖啡座」專欄內，刊出了一篇署名「慎之」的〈上海珈琲〉，報告在「神秘之街」的北四川路上新開設了一家名為「上海珈琲」的文藝的咖啡店：

> 上海的茶館永遠是提鳥籠、抽水煙朋友們的俱樂部，雖則若谷先生曾經介紹過巴爾幹咖啡店，昨天值先生又介紹了新雅，但總不是我們所理想的文藝家及愛好文藝的青年們聚談的地方，但是讀者們，我卻發現了這樣一家我們所理想的樂園，我一共去了兩次，我在那裏遇見了我們今日文藝界的名人，龔冰盧、魯迅、郁達夫等，並且認識了孟超、潘漢年、

葉靈鳳等。他們有的在那裏高談著他們的主張，有的在那裏默默沉思，我在那裏領會到不少教益呢。假使以後有機會能再遇到他們，或則能再結識幾個文藝上的新交，那當然是我的希望，以後我還想做一點詳細的報告呢。

這短短數百字的報導立即引起了魯迅的關注。兩天之後，魯迅就寫了有名的〈革命咖啡店〉，幾近憤怒地指責「慎之」這篇「革命咖啡店的革命底廣告式文字」，斬釘截鐵地否認「這樣的咖啡店裏，我沒有上去過」，「這樣的樂園，我是不敢上去的，革命文學家，要年青貌美，齒白唇紅，如潘漢年葉靈鳳之輩，這才是天生的文豪，樂園的材料」。顯而易見，魯迅這是借題發揮，他未必真的對「上海珈琲」深惡痛絕，他其實是對在當時「革命文學」的論爭中，潘、葉等原先的「創造社」小夥計們以「革命文學家」自居，對他冷諷熱嘲的反擊。〈革命咖啡店〉嬉笑怒罵，確實寫得好，「齒白唇紅」簡直成了葉靈鳳乃至一切「革命文學家」的代名詞。

「上海珈琲」也因魯迅這篇〈革命咖啡店〉名揚一時，門庭若市。平心而論，位於北四川路蚪江路口，與「新雅茶室」毗鄰的「上海珈琲」，當時委實是一個文化人和文學愛好者聚會的好去處。以至十六年後，另一位作家周楞伽以「史蟫」筆名發表〈文藝咖啡〉一文，還對「上海珈琲」充滿溫馨的回憶，甚至稱這是「上海歷史上破天荒的第一家咖啡館」，「這第一家咖啡館倒也能開風氣之先，在裏面還雇用著女招待，因此引得一般多情善感的新文藝作家趨之若鶩，大家都想到這裏面來獲一些『煙土披里純』，尤其是一般普羅文學家

如蔣光慈、葉靈鳳等，更是每天必到的，甚至還不知不覺把他們從咖啡館得來的現實生活的體驗，寫進他們的所謂普羅文學作品裏去」。

　　沒想到「上海珈琲」還與三十年代上海文學有著如此深遠而又如此愛恨交織的因緣，這是一個有趣的能給人以啟示的文壇故實。可惜「上海珈琲」的命運遠遠不及「公啡」咖啡館，它早已不復存在，也差點完全被人遺忘，只是五、六年前施蟄存先生與我說起文人與咖啡館關係時提到它。否則，在時下的上海「懷舊熱」中，我們如有興趣，也可到重新恢復的「上海珈琲」裏坐一坐，「嗅嗅（文藝）咖啡渣的氣息」（魯迅語）。

（2004年5月12日）

「上海是一條狗」

　　「上海是一條狗」這句話打上了引號，自然不是筆者的創作，而是有些來頭的。它出自「中國的伊利亞」梁遇春之手。梁遇春雖然英年早逝，卻在中國現代散文史上獨樹一幟，《春醪集》和《淚與笑》是其代表作。1930年9月，梁遇春以「秋心」筆名在廢名主編的《駱駝草》第十七期上發表〈貓狗〉一文（後收入《淚與笑》），在娓娓敘述中外惡犬咬人，而貓更進而侵入人的靈魂的掌故傳說之後，突然筆鋒一轉，說道：

　　上海是一條狗，當你站在黃浦灘閉目一想，你也許會覺得橫在面前的是一條惡狗。狗可以代表現實的黑暗，在上海這現

涙與笑

梁遇春

實的黑暗使你步步驚心，真彷彿一條瘋狗跟在背後一樣。

這真是神來之筆！才華出眾的梁遇春當時已自上海返回北平，任職於母校北京大學圖書館。他在上海生活的時間其實並不長，擔任暨南大學英文系助教才一年掛零，卻對上海留下如此惡劣的印象！梁遇春在上海期間受到過什麼挫折，遭遇過什麼不快，以至對上海如此反感？由於缺乏相應的文字記載，已不可考，也許這與他離開暨大有關？

筆者編了一部《貓啊，貓》（2004年6月山東畫報出版社），日前有留心此書的網友在「緣為書來」網站上詢問書中可收入梁遇春此文，只能據實相告：未收。之所以不收，現在回想起來，大概因為梁遇春在這篇奇文中借題發揮，借貓狗之不同妙喻京滬之別：「上海是一條狗」，「代表現實的黑暗」，「北平卻是一隻貓，它代表靈魂的墮落」，而並非真正在談貓論狗。儘管〈貓狗〉中對貓的觀察也是細緻入微的、獨具慧

眼的：貓是「變幻多端，善迷人心靈的
畜牲，你看，貓的腳踏地無聲，貓的眼
睛總是似有意識的，它永遠是那麼偷偷
地潛行，行到你身旁，行到你心裏」。

把上海貶作代表當時「黑暗的現
實」的「一條狗」，真是大殺風景，
恐怕今天具有懷舊癖、對上海含情脈
脈的上海人和非上海人都難以接受。然
而，不但是梁遇春，當時對上海表示不
滿的還大有人在。梁實秋在1927年就
寫過一篇〈住一樓一底房者的悲哀〉，
對上海的嘈雜擁擠，以及小市民的斤斤
計較大加嘲諷。沈從文更對上海沒有好
感，他1928年初到上海後所寫的〈南
行雜記〉中就說，上海人把錢看得比什
麼都重，又虛情假意，「上海女人頂討
厭」，「男人也無聊」，「學生則不像
學生」，從而斷定自己是「不適宜住上
海的人」。後來，沈從文果然離滬北
上，並在數年之後引發了那場有名的
「京海之爭」。就是魯迅，不也在後期
雜文中對「海派」文化提出過許多尖銳
的批評嗎？

《貓啊，貓》

歲月不居，春秋代序，今日的上海當然已遠非昔日可比，沒有人再會說「上海是一條狗」了吧？但這些文壇前輩對昔日上海的批評還是很值得留意的，至少他們提供了回眸老上海的另一種視角。

（2004年5月19日）

梁遇春手迹

上海賦

　　現已成為大陸旅遊勝地、遊覽門票價格不菲的浙江桐鄉烏鎮，誰都知道是現代文學大師茅盾的誕生地。但恐怕很少有人知道，還有一位烏鎮人在當代文學和藝術史上是出類拔萃的。這位生於1927年，畢業於上海美專，已七十七歲高齡的烏鎮人現隱居在美國紐約，正應了「大隱隱於市」這句古話，他就是寫了〈上海賦〉的木心。

　　木心是畫家，也是作家。畫家兼作家，一身而兩任，本不少見，豐子愷、黃永玉、吳冠中等大畫家，文筆不是也堪稱一流嗎？木心的畫，據說大氣磅礴，但筆者尚未見識（只領略過他別具一格的封面設計），不敢妄評。但他描述老上海的文字卻是高屋建瓴，活色生香，令人驚豔，引人入迷。寫於十多年前，長達三萬字的〈上海賦〉開宗

明義，告訴讀者「『賦』這個文體已經廢棄長久了，『三都』、『二京』當時算是『城市文學』，上海似乎也值得賦一賦」。老先生真有先見之明，預見到十多年之後「都市文化研究」會方興未艾，先重筆濃墨，對「東方一枝直徑十里的惡之華」——上海，賦上一賦。

〈上海賦〉原擬寫九章，即「過去的過去」、「繁花顛峰期」、「弄堂風光」、「亭子間才情」、「吃出名堂來」、「只認衣衫不認人」、「黑眚乾坤」、「全盤西化之夢」和「論海派」，但完成了六章之後就戛然而止，給讀者留下莫大的遺憾。如「黑眚乾坤」就擬「析述當年上海黑社會的潛顯架構，幫派內部運作的詭譎劇情」，如果撰就，豈止只有史料價值而已！但從已經寫成發表的前六章來看，真的是盡情鋪陳，文采斐然。作者對老上海方方面面、形形色色的熟稔和深入，已經到了令人歎為觀止的地步。他寫「亭子間」，認為「也許住過亭子間，才不愧是科班出身的上海人，而一輩子脫不出亭子間，也就枉為上海人」。箇中深意，耐人尋味。對長期爭論不休的「海派」文化，木心更出驚人之語：

> 海派是大的，是上海的都市性格，先地靈而人傑，後人傑而地靈，上海是暴起的，早熟的，英氣勃勃的，其俊爽豪邁可與世界各大都會格爭雄長，但上海所缺的是一無文化淵源，二無上流社會，故在誘脅之下，喀然面顏盡失，再回頭，歷史契機駸駸而過，要寫海派，只能寫成「上海無海派」。

雖然曾長期在上海求學和作畫，木心畢竟不能算土生土長的上海人，但卻對上海文化如此念想，如此體察，如此會心，以致有人讀了他的〈上海賦〉，驚訝他「比上海人還要上海人」，連眼高手高的上海作家陳村也擊節讚歎，多次對我提起，還把它掛到了網上，以廣流傳之。木心的散文是異數，精妙的〈上海賦〉更是寫上海的異數。木心其實還寫過一篇〈上海在那裏〉，不妨看做〈上海賦〉續篇，寫他上個世紀九十年代中期重返上海的所見所聞所思，對上海城市建設的「新舊亂套，兩敗俱傷」，對在上海街頭巷尾「從未見過一個衣著得體而有情調的人」，對上海灘「中聽中看不中吃的美食」，對上海出行「滬道更比蜀道難」等等，都提出了尖銳而中肯的批評。木心感慨「我的魂牽夢縈的上海喲，奈未直叫勿搭界，哦搭儂嘸啥話題哉」。（引文中後兩句是滬語，大意為「這樣真的叫沒有關係了，我和你沒有什麼話可說了啊」）真的「勿

馬拉格計畫

搭界」了嗎？不，寫出了〈上海賦〉和〈上海在那裏〉的木心與上海是真正愛恨交織的「搭界」，他筆下凝聚的是永遠揮之不去的上海情結。

　　木心著有散文《散文一集》、《即興判斷》、《瓊美卡隨想錄》、《素履之往》、《馬格拉計畫》（〈上海賦〉就收入其中）、《同情中斷錄》、《魚麗之宴》等，均在臺灣出版，正待「引進」大陸。

（2004年6月25日）

下編

文化上海

幽默大師蕭伯納閃電上海行

　　1933年2月17日，英國劇作家、諾貝爾文學獎獲得者蕭伯納在搭乘不列顛皇后號郵輪環遊世界途中，應中國民權保障同盟之邀踏上了上海的土地，對上海作不到二十小時的閃電訪問，從而在當時上海文化界引起轟動，形成一股短暫卻又強勁的「蕭伯納旋風」。用魯迅的話來說，就是「伯納蕭一到上海，熱鬧得比泰戈爾還厲害，不必說畢力涅克和穆杭了。」（引自〈《蕭伯納在上海》序〉）

　　蕭伯納即將到滬的消息一經傳出，上海各大中外文媒體立即表現了空前的熱情，在上海的幾乎所有重要的作家也都紛紛撰文評說。早在1933年2月2日，《申報‧自由談》就發表了郁達夫的〈蕭伯納與

高爾斯華綏〉，表示「我們正在預備著熱烈歡迎那位長臉預言家的蕭老」。2月9日又發表了玄（茅盾）的〈蕭伯納來遊中國〉。2月15日起開始連載宜閒（汪倜然）翻譯的蕭伯納的中篇小說〈黑女求神記〉以造聲勢。在蕭伯納到滬的當天和次日，《申報·自由談》還接連刊出「蕭伯納專號」，其中有何家幹（魯迅）的〈蕭伯納頌〉、郁達夫的〈介紹蕭伯納〉、林語堂的〈談蕭伯納〉、玄（茅盾）的〈關於蕭伯納〉、鄭伯奇的〈歡迎蕭伯納來聽炮聲〉、許杰的〈紳士階級的蜜蜂〉和楊幸之的〈Hallo Shaw〉等等，琳琅滿目。在高度評介蕭伯納的文學成就、批評國內對蕭伯納譯介不夠的同時，他們也對蕭伯納此次到滬的現實意義發表了各自的見解。茅盾認為蕭伯納「比易卜生更深刻」，張夢麟則認為蕭伯納來中國「不幸而正當帝國主義的日本侵略我們的時候」，「也許蕭老先生還要說一次真話！」（引自〈說真話〉）

確切的說，蕭伯納是2月16日傍晚就到達上海了，但郵輪停泊在吳淞口外，蕭伯納並沒有馬上登陸，上海各文化團體還組隊前往稅關碼頭迎接，打出的大幅標語是「Welcome to our Great Shaw」。據劇作家洪深2月18日發表在《時事新報》的〈迎蕭灰鼻記〉一文記載，當日傍晚和次日早晨，民權保障同盟代表宋慶齡和楊杏佛兩次登上皇后輪拜訪蕭伯納，第二次又陪同一起登岸。蕭伯納先到外白渡橋堍的禮查飯店（今浦江飯店）同來滬訪問的外國遊歷團見面，然後到亞爾培路（今陝西南路）中央研究院拜訪院長蔡元培，接著在中午十二時，到達莫利哀路29號宋宅（今香山路7號孫中山故居）參加宋慶齡主持的歡

迎午宴。出席者均為一時之選，計有蔡元培、魯迅、林語堂、楊杏佛和史沫特萊、伊羅生兩位美國記者。魯迅是接蔡元培電話後遲到的。他在〈看蕭和「看蕭的人們」記〉中生動的描述蕭伯納吃素，蕭伯納「逐漸巧妙」的學會了使用中國筷子，「得意的」向大家展示他的「成功」。這是一次具有歷史意義的東西方文化名人在上海的歡聚，飯後留下了當時在場七位的珍貴合影（楊杏佛不在合影內，疑為攝影者）。五十年代以降，這張合影在關於魯迅的書刊中出現時，林語堂和伊羅生兩人遭到「技術處理」，成為一件著名的歷史「公案」。直到1981年新的《魯迅全集》出版，兩人才恢復「正身」。蕭伯納又與蔡元培和魯迅在宋宅花園草地上合影二枚，蕭在正中，魯、蔡分站左右兩旁，魯迅後來幽默的說：「並排一站，我就覺得自己的矮小了，雖然心裏想，假如再年青三十年，我得來做伸長身體體操」。

　　當天下午二時左右，蕭伯納在蔡元培、魯迅、林語堂、楊杏佛陪同下驅車到福開森路（今武康路）世界文化協會（簡稱世界社）會所參加國際筆會中國分會主辦的歡迎會，出席者包括中國筆會的葉恭綽、宋春舫、邵洵美、張歆海、謝壽康等，京劇大師梅蘭芳也來了，總共約四、五十人，由洪深擔任翻譯。蕭伯納作了風趣的演講，魯迅記錄了演講大要：「諸君也是文士，所以這玩藝兒（指演講──筆者注）是全都知道的。至於扮演者，則因為是實行的，所以比起自己似的只是寫寫的人來，還要更明白。此外還有什麼可說的呢。總之，今天就如同看看動物園裏的動物一樣，現在已經看見了，這就可以了罷。」（引自〈看蕭和「看蕭的人們」記〉）蕭伯納還與梅蘭芳作了簡短的交

談，大惑不解的問梅蘭芳：「我是一個寫劇本的人，知道舞臺上做戲的時候，觀眾是需要靜聽的，為什麼中國的劇場反喜歡把大鑼大鼓大打大擂起來，難道中國的觀眾是喜歡在熱鬧中聽戲嗎？」最後是邵洵美代表中國筆會向蕭伯納贈送紀念品，「十幾個北平土產的泥製優伶臉譜，紅面孔的關雲長，白面孔的曹操，長鬍子的先生，包紮頭的花旦，五顏六色，煞是好看。」（以上引自張若谷〈五十分鐘和伯納蕭在一起〉）據賈植芳在〈我的難友邵洵美〉中回憶，邵洵美晚年在提籃橋獄中向他抱怨，當年為招待蕭伯納（應是中國筆會此次歡迎會——筆者注），他自掏腰包，「用了四十六塊銀元」，可當時上海大小報刊的新聞報導提都不提他的大名，他「死不瞑目」，可見蕭伯納此次訪問上海在上海文化人心目中的位置。

　　下午三時左右，蕭伯納回到宋慶齡寓所，接受蜂擁而至的上海各大媒體記者的採訪，其中有英國的、日本的、白俄的，當然更多的是中國自己的。蕭伯納先不願多說，在記者的不斷追問下還是打開了話匣子，對當時中國政局和抗日，對社會主義和前蘇聯，信口而談，妙語如珠。儘管魯迅認為「第二天的新聞，卻比蕭的話還要出色得遠遠」，也即有許多失實之處，但這樣的對話還是有許多地方令人莞爾。當有記者問他對當時「中國政府」的意見時，蕭伯納的回答大有玄機：「在中國，照我所知道，政府有好幾個，你是指哪一個呀？」當有記者問他為什麼要逃避記者時，蕭伯納機智的回答道：「並不是逃避，因為我不看新聞，所以沒有想到有新聞記者要來訪問的。」（以上引自樂雯編《蕭伯納在上海》）蕭伯納最後還與擔任翻譯的洪深和眾多記者合影留念。

　　記者招待會結束後，下午四時左右，蕭伯納就告別上海，回到吳淞口外的郵輪上。當晚十一時啟錨北上秦皇島轉往北平，繼續他的緊張的中國之行。而上海文化界圍繞蕭伯納的報導和評論仍然連續不斷。《論語》1933年3月第12期用幾乎整期的篇幅刊登蔡元培、魯迅、宋春舫、邵洵美、洪深、全增嘏和主編林語堂自己的蕭伯納訪問上海的各種觀感，同月施蟄存主編的《現代》第2卷第5期為了配合蕭伯納訪問上海，也發表熊式一翻譯的蕭伯納劇本《安娜珍絲家》和趙家璧作〈蕭伯納〉。也在同一個月，在魯迅提議和協助下，秘密隱居的瞿秋白以樂雯筆名「剪貼翻譯並編校」了《蕭伯納在上海》一書，由「野草書屋」印行。書中輯入蕭伯納在滬期間上海中外報刊五花八門的各種文章和報導，為蕭伯納此行留下了較為完整的文字記錄。瞿秋白在此書〈寫在前面〉中強調蕭伯納是「世界的和中國的被壓迫民眾的忠實朋友」，並且提醒讀者此書是「一面平面的鏡子，在這裏，可以看看真的蕭伯納和各種人物自己的原形。」

　　不知道蕭伯納此次上海之行是否留下文字，時間實在太匆促了，連「走馬觀花」也說不上。也許是記者提問太多，歡迎者好奇心太強，當時的上海給蕭伯納的印象是不怎麼好的。當然，上海文化界對蕭伯納的反應熱烈而多樣，是上個世紀上半葉上海接待世界文化名人最為聲勢浩大、豐富多彩的一次，留下的文字記載也最多。它不僅表達了上海文化界對世界級文學大師的尊重，也體現了上海作為一個開放性包容性的文化大都市的應有的氣度。它不僅催生了魯迅的〈頌蕭〉（即〈蕭伯納頌〉）、〈誰的矛盾〉、〈看蕭和「看蕭的人們」記〉、〈《蕭伯納在上海》序〉等文和其他作家的許多精彩華章，不

僅催生了《蕭伯納在上海》這部研究三十年代上海中外作家交往和文壇百態的「重要的文獻」（魯迅語），也提醒我們思考怎樣更好的加強中外文化交流。

（2008年5月）

發掘張愛玲四十年代史料隨想

一

　　十一年前，我發表了〈張愛玲話劇《傾城之戀》二三事〉，那時張愛玲還健在，雖然她孤獨地隱居在洛杉磯，早已放棄了對生活的追求。我在文中特別提到四十年代上海話劇舞臺上演出《傾城之戀》的「上演特刊」，並推測經過半個多世紀的風雨滄桑，這本特刊可能早已不存在於天壤之間了。

　　然而，我一直在尋尋覓覓，一直在期待奇蹟的出現。話劇《傾城之戀》是張愛玲唯一親自改編的話劇，若要全面梳理張愛玲四十年代絢麗多姿的創作生涯，這是不可或缺的一環。可是，對〈傾城之戀〉

的改編、上演和當時上海觀眾的種種反應，我們所知實在太少太少了。這本「上演特刊」有朝一日如能浮出歷史的地表，很可能就會解開張愛玲研究中這個不大不小的謎團。

上蒼再次眷顧我。三年前一個偶然的機緣，我終於找到了《傾城之戀》「上演特刊」，不禁欣喜若狂。這冊上海大中劇藝公司印行的小三十二開的小冊子，薄薄僅十八頁，內容卻頗為豐富。除了張愛玲的「夫子之道」〈關於《傾城之戀》的老實話〉和〈羅蘭觀感〉，以及蘇青的〈讀《傾城之戀》〉（以上三文當時又發表於上海報刊，我在十一年前就已發掘並作過評價），柳雨生（柳存仁）、白文、霜葉、實齋、沈葦窗、麥耶（董樂山）、童開諸文都是首次「重見天日」。雖然並非長篇宏論，都只是數百字的短製，其中傳達的意見卻值得重視。如柳雨生強調《傾城之戀》從故事到對白「無一不是完整的深刻的喜劇」；如麥耶認為張愛玲小說的「技巧多少是中國新文藝運動以來的創見」；如童開將《傾城之戀》與曹禺名劇《北京人》比較之後，提出兩者都同樣「充沛著對人類無上的熱愛」等等，都頗具啟示。

尤其應該提到的是，張愛玲姑姑張茂淵以張愛姑的筆名發表的〈流蘇與柳原的話〉。這是張愛玲最親近的長輩對其小說唯一見諸文字的品評，儘管只有三言兩語，又模擬了白流蘇和范柳原的口吻，帶點戲謔，帶點調侃，畢竟是彌足珍貴的，也應了張愛玲在〈姑姑語錄〉中所說的：「我的姑姑說話有一種清平的機智見識。」

話劇《傾城之戀》的文字劇本和舞臺演出本至今都不見蹤影，很

可能真的失傳了。因此,「上演特刊」所刊登的〈本事〉和三幕舞臺佈景照片,對我們設想和分析張愛玲如何把〈傾城之戀〉從小說改編成話劇,也提供了有益的參考。

也許當時一位名叫黃也白的觀眾的話雖過譽了,但我還是有點認同,那就是這冊話劇《傾城之戀》「上演特刊」「內容之精彩,也足與名著〈傾城之戀〉相互媲美了」(1944年12月9日上海《力報》)。

話劇《傾城之戀》舞臺佈景

二

抗戰一勝利,張愛玲的處境就頗為尷尬。當時上海輿論界把張愛玲視作漢奸的大有人在。有一本《女漢奸醜史》(上海大時代書社刊行,出版時間不詳,當在1945年下半年至1946年上半年之間),就把張愛玲與陳璧君(汪精衛之妻)、莫國康(與陳公博有染)、佘愛珍(汪偽特務頭子吳四寶之妻,後與胡蘭成

結合）和日裔電影明星李香蘭等相提並論，指責「無恥之尤張愛玲願為漢奸妾」。更有甚者，對張愛玲大施人身攻擊。1946年3月30日上海《海派》週刊竟刊出〈張愛玲做吉普女郎〉的新聞，無中生有地憑空捏造，真是聳人聽聞。

在這樣的背景下，張愛玲被迫擱筆，淡出文壇一年零四個月，復出之後又不得不在出版《傳奇》增訂本時寫下了〈有幾句話同讀者說〉進行自我辯護，也就完全可以理解了。賞識張愛玲文才，同情張愛玲處境的柯靈對這些過激做法很不以為然，在他自己主編的《文匯報》副刊上先用筆名撰文推薦《傳奇》增訂本，接著又發表唐大郎所作七律〈讀張愛玲著《傳奇》增訂本後〉，目的只有一個，就是主持公道，以客觀公正的態度對待這位受了「盛名之累」的天才作家。誰知他事後也承受了很大的壓力，以至四十多年後與我談起，還十分感慨。

唐大郎是十足的「張迷」。抗戰勝利後，他率先在自己創辦的《大家》文學雜誌上發表張愛玲的〈華麗緣〉和〈多少恨〉，這也是需要一點勇氣的。唐大郎這首七律發表於1946年12月3日《文匯報·浮世繪》，全詩如下：

期爾重來萬首翹，不來寧止一心焦？
傳奇本是重增訂，金鳳君當著意描。
（張有《描金鳳》小說，至今尚未殺青）
對白傾城有絕戀，流言往復倘能銷！
文章已讓他人好，且捧夫人俺的嬌。

在詩中，他透露張愛玲當時有創作長篇小說《描金鳳》的打算，最終卻胎死腹中，未能成篇。這與張愛玲晚年的《小團圓》無法與世人見面一樣，成為張愛玲創作史上永久的遺憾。其實，二十世紀中國文學史上留下的遺憾太多了，魯迅不是未能寫出《楊貴妃》嗎？施蟄存不是未能寫出《銷金窟》嗎？錢鍾書不是也未能寫出《百合心》嗎？不獨張愛玲一人而已。

三

張愛玲原名張煐，改名張愛玲是在她上小學之後，這一改非同小可，卻也有點殺風景。張愛玲本人就很不喜歡，覺得太俗氣，曾公開表示：「我自己有一個惡俗不堪的名字。」（〈必也正名乎〉）好在她也明白名字只不過是個符號，將就著用就是了。有這種看法的不僅是張愛玲本人，當時有一位顧樂水也持同樣觀點，並有「有著這樣名字的女人豈能寫出好文章來」這麼一問。

這一問也非同小可，催生了一篇優美的〈《傳奇》的印象〉。此文發表在江蘇南通的一份鮮為人知的小刊物《北極》1944年9月第5卷第1期上，證明張愛玲在四十年代絕非徒有虛名，千真萬確地擁有大量讀者，包括青年讀者。作者顧樂水從先入為主的偏見，到初讀張愛玲後的驚豔，到再讀張愛玲後的讚歎，都寫得有聲有色。文章還分別引用迅雨（傅雷）和胡蘭成兩大家的觀點加以發揮，作者顯然更欣賞迅雨的看法，殷殷期待張愛玲今後的創作「步入一個博大深湛的天地」。

且不說顧樂水的要求是否合情合理，至少他表達了自己讀張愛玲的真實感受。顧樂水當時也不過二十歲出頭，少年俊彥，才華橫溢。時隔六十餘年，現還健在的顧樂水已是大陸著名作家，真名章品鎮是也。如果我有機會與他見面，一定要聽聽他現在對張愛玲的月旦，一定更為獨到。

四

張愛玲的出類拔萃，不但在於她的小說散文獨創一格，而且她的電影創作也是不同凡響。四十年代後期創作的《不了情》和《太太萬歲》現已被公認為中國市民電影的經典之作。我的運氣實在太好，《不了情》和《太太萬歲》「上映特刊」也在不久前被我搜尋到手，圓了我收齊張愛玲四十年代話劇電影資料的美夢。

有趣的是，《太太萬歲》「上映特刊」竟能淘到兩種，劇照選擇不同，內容編排不同，所收文字倒大同小異，也

《太太萬歲》電影說明書

都是十六開本，可能是供不同的電影院使用的吧。兩種「上映特刊」都在顯著位置刊登張愛玲〈《太太萬歲》題記〉，這是一篇不折不扣的張愛玲佚文，一以貫之的張愛玲散文風格，十多年前就已被我「發掘出土」。

應該著重推介的是兩種特刊最後一頁所發表的〈張愛玲的風氣〉，作者東方蜾蝹，一個很奇特的筆名（源自《詩經‧鄘風》），真名李君維，現仍健在。這位李君維可不是等閒之輩，如果說張愛玲開創了一個「張派」，如果說「張派」有傳人（借用美國哈佛大學王德威教授的說法）的話，李君維是當仁不讓，名副其實的一位。他的短篇集《紳士淑女圖》、中篇《傷心碧》、長篇《名門閨秀》在現當代上海

《不了情》電影說明書

李君維作《張愛玲的風氣》

文學史上都占有特殊的地位。可是他已把這篇〈張愛玲的風氣〉忘得乾乾淨淨了。他今年4月5日給我的信中稱，此文「如果印在説明書的話，當時龔之方負責文華（指出品《太太萬歲》的文華影片公司）的宣傳工作，也許是他組織我寫的」。

　　真要感謝龔之方（他是又一位十足的「張迷」），正是他的催逼，使李君維寫出了這樣一篇耐人尋味的張愛玲評論，完全可以看作四十年代張愛玲評論「最美收穫」之一，其重要性絕不在迅雨、胡蘭成諸作之下。李君維指出張愛玲擠在張恨水旁不大合適，擠在巴金旁也不大合適，「可是仔細端詳一下，她與兩堆人都很熟悉，卻都那樣冷漠」，這真是一個十分精彩的比喻。他批評「新文藝作家像個老處男」，太多「潔癖」，話固然尖刻，卻是一針見血。他認為張愛玲「非但是現實的，而且是生活的，她的文字一直走到了我們的日常生活裏」，更是抓住了根本的不刊之論。

　　張愛玲的出現，大大衝擊了「五四」新文學運動以來兩極對立的
思維模式，完全改寫了中國現代文學的進程，李君維敏感地觸及了這
個關鍵問題，而且他的批評本身也突破了兩極對立的思維模式，是難
能可貴的。

　　電影《不了情》和《太太萬歲》都由桑弧導演，他與張愛玲的合
作可謂極為默契，極為成功。《太太萬歲》「上映特刊」中有則〈讀
導演桑弧〉，稱「《不了情》既以寫情之細膩鳴於時，桑弧張愛玲之
初步編導合作奠定不朽基礎。用是再度合作而攝《太太萬歲》」，
「以故事之熱鬧動人，將益臻如火如荼之境」。其實，他們本還有
第三度攜手合作，「上映特刊」已經預告將開拍電影《金鎖記》，
「《金鎖記》之精緻，不亞於《傾城之戀》，都可說是張之力作，一
旦搬上銀幕，當可轟動文壇，至《金鎖記》之導演，當為老搭檔桑弧
了」。又有誰能料到時局變化實在太快，電影《金鎖記》不幸流產，
成為張愛玲創作史上又一件無法挽回的大憾事。

（2004年6月）

上海有位男版張愛玲

　　知道李君維先生的名字遠在知道東方蝃蝀之後。十五年前，已故的中國近現代文學史料學家魏紹昌先生主編了一套「海派小說選輯」，共十種，由上海書店影印出版。雖然入選這套叢書的長短小說，個別的並不合適，譬如曾受到魯迅抨擊的黃震遐的《大上海的毀滅》，把這部「民族主義文學」的代表作歸入「海派文學」之列，無論如何都很勉強。但叢書首次把林微音、予且、蘇青、潘柳黛、施濟美等異彩紛呈的小說置於「海派文學」的文化背景下加以考察，確實是獨具慧眼。尤其是叢書中有一本東方蝃蝀著短篇小說集《紳士淑女圖》，書名別致，內容別致，作者署名更別致，一下子就把我吸引住了。

東方蝴蝶自作小說《春愁》插圖

東方蝴蝶短篇小說集《紳士淑女圖》
初版本封面，少女像為趙無極

作為中國現代文學研究者，我深知筆名是長期以來困擾研究者的一個棘手問題，同時也是一個無法繞開的重大問題。魯迅有一百六十多個筆名，蔚為大觀；張愛玲卻只有一個筆名：梁京。幾乎所有重要的現代作家都使用筆名，有的簡直撲朔迷離，難以捉摸。不少作家到了晚年連自己到底使用過多少筆名都記不清了。海外甚至有人窮三十年之功編訂了洋洋六百多萬字的《二十世紀中文著作者筆名錄（修訂版）》。但我敢斷言，由於喪失了考證筆名的最佳時機，上個世紀三、四十年代文學報刊許多一望而知是署了筆名的可能頗為精彩的詩文，真正的作者是誰，將會永遠是個謎。

從這個意義上講，我後來知道東方蝴蝶就是李君維先生，不能不說是件幸事。1994年春，吳福輝兄撰寫專著《都市漩渦中的海派小說》，向我詢問這位小說風格「承續張愛玲」的東方蝴蝶到底是什麼人，我於是向魏紹昌先生求證，東方蝴蝶的真名終於浮出了歷史地

表。經我牽線搭橋，吳福輝兄採訪了李君維先生，並在他的專著裏首次披露了東方蝃蝀的小傳，《紳士淑女圖》作者之謎由此得以完全解開。

生於上海，又畢業於上海聖約翰大學文學院的李君維先生，抗戰勝利後先後擔任上海《世界晨報》、《大公報》記者、編輯之職。在董樂山、董鼎山兄弟影響下，走上了小說創作之路。作品散見於《小說》、《生活》、《文潮》、《幸福》、《宇宙》等刊物，其中一部分結集為《紳士淑女圖》。上個世紀五十年代以後，君維先生遷居北京，「海派」成了「京派」，小說家成了電影刊物編輯家，從此金盆洗手，在中國文壇上消聲匿跡多年。直到改革開放以後，君維先生才「重操舊業」，先後在上海《新民晚報》連載長篇《名門閨秀》（原名《芳草無情》）和中篇《傷心碧》。但因為署了真名，沒有讀者會聯想到今日的李君維就是當年的東方蝃蝀。當時張愛玲也才剛剛被提出來重新討論，所以，四十年代末僅出版過薄薄一冊《紳士淑女圖》的東方蝃蝀當然更難以進入文學史家的視野了。

據我有限的見聞，早在《紳士淑女圖》問世之前的1946年，就有論者把東方蝃蝀與張愛玲相提並論了。該年4月13日上海《新民晚報刊・夜花園》刊出署名「蘭兒」的〈自從有了張愛玲〉一文，文中有如下一段話：

> 有人說張愛玲的文章是「新鴛鴦蝴蝶派」，因為她另有一番瑣屑纖巧的情致，後起而模仿者日眾，覺得最像的是東方蝃蝀，簡直像張愛玲的門生一樣，張派文章裏的小動作全給模仿像了。

「蘭兒」此文對張愛玲及其作品不無揶揄，張愛玲是否屬於「新鴛鴦蝴蝶派」也有爭議，但文中提出四十年代後期上海文壇上已存在一個「張派」，並把君維先生視為「張派」傳人，卻是頗有見地。而這，也正是此後長達半個多世紀中「一統」的現代文學史所一再遮蔽的。

直到整整五十二年後的1998年，錢理群、溫儒敏、吳福輝三位合著的《中國現代文學三十年》（增訂本）出版，君維先生和他的小說才正式進入文學史，書中是這麼說的：

> 兼有通俗、先鋒品格的作家——尤其是東方蝃蝀，僅一冊《紳士淑女圖》，用一種富麗的文字寫出了十里洋場上舊家族的失落和新的精神家園的難以尋覓，文體雅俗融洽，逼似張愛玲，透出一股繁華中的荒涼況味。東方蝃蝀在意象的選擇和營造方面，也和張愛玲一樣與現代主義相通。

嚴肅的文學史家往往吝於筆墨，這段論述雖然簡略，對君維先生小說創作的定位不可謂不準，評價也不可謂不高，儘管姍姍來遲，總算為君維先生在中國現代文學史上正了名。夏志清先生早就說過，文學史家的「首要工作就是『優秀作品之發現和評審』」（《中國現代小說史》英文本初版序），《中國現代文學三十年》是這樣做了，令人遺憾的是，還有不少中國現代文學史著作仍在一個模子似地複製，一個導向地克隆，一條主線地延續，仍把君維先生以及其他一些頗具特色的作家作品排除在外。

其實，君維先生只比張愛玲小三歲，與其說他是「張愛玲的門

生」，稟承襲傳了張愛玲的風格，不如說他的小說創作與張愛玲異曲同工。當然，正如他自己所坦然承認的，在小說取材、文筆和意趣等方面受到張愛玲的影響，也是不爭的事實。我每次讀君維先生的小說，都感覺在欣賞一件精緻圓熟的藝術品，都驚訝於作者觀察的豐富深邃、語言的細膩別致，連上海方言的運用也是恰到好處，使人物形象大為增色。寫知識男女的情感糾葛，寫都市婚戀場中的心理衝突，君維先生不像張愛玲那樣極端，那樣撕心裂肺，卻同樣盪氣迴腸，耐人尋味。君維先生評論張愛玲「非但是現實的，而且是生活的，她的文字一直走到了我們的日常生活裏」（〈張愛玲的風氣〉），移用到他自己的小說創作上，也是大致合適的。

近年來人們一直津津樂道張愛玲，張愛玲當然值得而且也應該不斷地言說，但像君維先生這樣風格獨具的「張派」（姑且這麼界定）作家也應該重新審視、重新評價。《紳士淑女圖》和君維先生的其他小說也是四十年代上海文壇的「美麗收穫」，是存在深入探討的藝術空間的。在我看來，四十年代的上海文學史，如果缺少了君維先生的小說，就像缺少了張愛玲一樣，那就太單調乏味，太不可想像了。

話已經扯遠了，還是回到這部《人書俱老》散文集上來吧。這是君維先生的第一部散文集。筆墨生涯大半生，終於在「夕陽無限好」的晚晴時節董理舊稿，出版自己的散文精選集，我想君維先生一定會感到欣慰。現代文學史有一個有趣的現象，優秀的小說家往往也是出色的散文家，反之卻不儘然，會寫散文的有不少不敢問津小說，或者小說寫得不怎麼樣。君維先生小說好，散文也好，《人書俱老》就是一個證明。

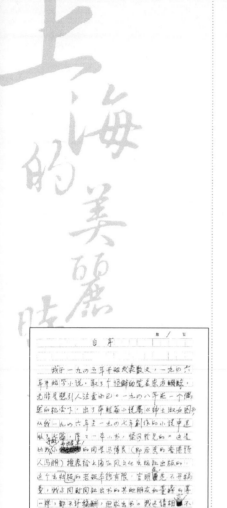

李君維手跡

《人書俱老》所收，從時間而言，跨越了半個多世紀；從內容而言，寫的都是君維先生最為熟悉的人和事。雖然大都為小品短製，總共才十多萬字，卻是實實在在，生動親切，遠勝於當下那些洋洋灑灑卻不知所云的所謂「文化大散文」，至少我是這樣認為的。君維先生從不濫情，從不空發議論，從不妄加評判，他的喜怒哀樂在淡雅舒展、行雲流水般的文字中自然而然地流露。他寫大學同學同時又是張愛玲好友的炎櫻、寫旅美作家董鼎山、寫「小報大王」唐大郎，都是視角獨特，情趣盎然，而且具有很高的史料價值。他的〈張愛玲的風氣〉、〈《太太萬歲》的太太〉等一系列談論張愛玲的文字不但文筆雋永，更是「張學」研究史上不可多得的珍貴文獻。他對現代時裝頗有研究，這不但體現在他的小說裏，也反映在他的散文裏，〈穿衣論〉、〈滄桑話旗袍〉諸篇娓娓道來，妙語如珠，堪與張愛玲的名作〈更衣記〉媲美。總而言之，讀《人

書俱老》，我獲益良多，也感慨良多，這樣足以長人見識、啟人心智的優美散文，早就應該結集與讀者見面的啊！

我與李君維先生僅一面之緣。九十年代中期那次赴京拜訪，他的謙遜坦誠，給我留下很深的印象。《人書俱老》付梓在即，君維先生囑我寫幾句話，我是後輩，誠惶誠恐之餘，只能遵命。拉拉雜雜寫了這些，恐怕難免「佛頭著糞」之譏，盼君維先生和廣大讀者有以教我。

甲申夏末於滬西梅川書舍（2005年3月）

1945年的李君維

自 序

　　我于一九○五年开始发表散文，一九○六年开始写小说，取了个怪僻的笔名东方蝃蝀，无非是想引人注意而已。一九○八年在一个偶然的机会下，出了本短篇小说集《绅士淑女图》，从我一九○六年至一九○七年创作的小说中选收了七篇，凑了一本小书，怪可怜见的。这是比我小一年而犹未毕业的同学马博良（即后来的香港诗人马朗）推荐给上海正风文化生活出版社出版的，这个出社版的老板本钱有限，言明在先不开稿费，我与同时同社出书的其他朋友如董鼎山等一样，都不计稿酬，但求出书。我还请相交不久的画家赵无极授画了个少女头像，印在套绿白色的封面上。

　　世事变迁无恒，万物轮回不已。想不到四十多年之后，这本薄薄的小书竟被台湾舒影印

東方蝃蝀小說全編自序手跡

缺少他，上海文壇會很寂寞

　　這已是十七年前的事了。當時上海書店正在影印出版「中國現代文學史參考資料」，規模不小。承主其事的劉華庭先生看得起我，經常向我諮詢，哪些現代作家、哪些文學作品可以入選，我也盡我所知，提供管見。有一次提到邵洵美，我就極力慫恿他選印邵洵美的自選集《詩二十五首》，因為我們冷落這位三十年代上海的「唯美」詩人已太久太久了。華庭先生起先還有點猶豫，最後還是同意了。這就是1988年8月問世的《詩二十五首》影印本。記得上海書店據以影印的底本還是極為難得的作者題贈「新月派」詩人孫大雨的簽名本，我曾建議保留邵洵美的題詞，但沒被採納，至今都覺得有點可惜。

邵洵美在上海出版的新詩自選集
《詩二十五首》

四年之後，隨著現代文學史研究的深入，上海書店又約請我主編「新月派文學作品專輯」。我認為邵洵美在後期新月派中的地位舉足輕重，於是再選入他的第二部新詩集《花一般的罪惡》，1992年12月影印出版。由於邵洵美這兩部詩集的重印，我也許可以大言不慚地說，新時期以來邵洵美作品的整理和研究儘管進展緩慢，我卻是起了一點小小的推波助瀾的作用。

我之所以說邵洵美研究的現狀很不如人意，是因為上個世紀九十年代初以降，邵洵美作品未再選編出版，邵洵美研究論文也是零零星星，這項有意義的工作幾乎處於停滯狀態。近年雖有《海上才子──邵洵美傳》、《項美麗在上海》等專著問世，但前者在史實考定方面存在明顯的錯訛，後者則是運用女性主義觀點解讀項美麗與邵洵美的「驚世戀情」，重點不在邵洵美其人其文。因此，當我讀到邵綃紅女士的新著《我的爸爸邵洵美》時，實在難以抑制我的興

奮和喜悅。可以毫不誇張地説，邵洵美研究由此有可能走上正軌了。

在二十世紀上海乃至中國文學史上，邵洵美的名字絕不是可有可無的。他是一位具有獨特風格的詩人、作家、評論家、翻譯家、編輯家和出版家，也是一位對三十年代中外文學交流做出可貴努力的文學活動家。然而，他在上海出版的新詩集《天堂與五月》、《花一般的罪惡》和《詩二十五首》，他的未完成的長篇《貴族區》和短篇《搬家》等等，他的評論集《火與肉》和《一個人的談話》，不要説至今未得到應有的評價，即使是專門的研究者，恐怕也有許多未曾聞見；他在上海編輯的《獅吼》、《金屋》、《新月》、《論語》等文學雜誌，《人言》、《時代畫報》、《自由譚》、《聲色畫報》、《見聞》時事週報等綜合性刊物，也是至今鮮有人提及，更不要説進行認真的研究了。還應説到邵洵美的文學翻譯，他是向國人推介古希臘女詩人莎弗、

邵綃紅著《我的爸爸邵洵美》書影

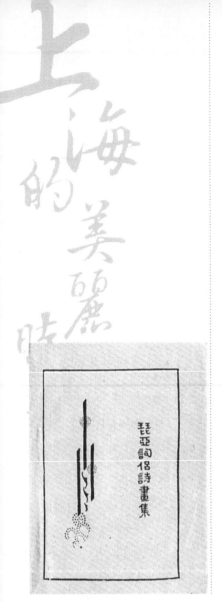

的美麗時光

英國文學插圖大家琵亞詞侶（又譯比亞茲萊）的先驅者之一，他也是最早把沈從文的《邊城》譯成英文的人，凡此種種，仍無人關注和探討。文學史家的這種冷漠、這種忽視，是令人遺憾的，甚至是可怕的。對邵洵美個人來說，當然不公平，而對中國現代文學研究，無疑也是嚴重的缺失。

　　有必要指出，上個世紀三十年代的上海文壇是多元並存的格局，有以左聯為代表的「左翼文學」，有「新月派」文學，有「現代派」文學，有「文生派」文學（這個提法是我杜撰的，指巴金和他主持的文化生活出版社的一群作家），還有被新文學視為對立面的「鴛鴦蝴蝶派」文學，等等，各樹一幟，各呈異彩。這只是粗略的劃分，如果再細究，情況就更為複雜。以邵洵美為例，他先是「獅吼社」的中堅，後成為後期「新月派」的重要一員，新月社風流雲散後，他與林語堂等攜手合作創辦《論語》，又成為「論語派」的領軍人物。但是，萬變不離其宗，邵洵美鍾情新

邵洵美在上海出版的《琵亞詞侶詩畫集》

文學，癡迷新文學，為新文學的發展傾注畢生的心血，卻是一以貫之
的，這也是貫穿《我的爸爸邵洵美》一書的一條鮮明的主線。

　　當然，研究邵洵美，有一個困惑論者的難題，那就是他曾經數次
遭到魯迅的諷刺和批評。可是，與魯迅打過直接間接筆仗的遠不止邵
洵美一位，前有吳宓、陳西瀅、梁實秋等，後有施蟄存、林語堂等，
這都不是等閒之輩。魯迅與他們的論戰，也都是現代文學史上「筆墨
官司」的有名案例。現在，吳、陳、梁、施、林等幾位的文學成就和
在文學史上的地位都已經得到承認，得到確立，那為什麼唯獨對邵洵
美還要延續以往僵化的批評標準呢？三十年代上海新文學的走向本來
就是多層次、多方位的，作家的探索本來就是多角度、多樣化的，更
何況由於出身、經歷、所接受的教育、所秉持的藝術趣味、所懷抱的
文學理想等各各不同，包括邵洵美在內的一部分作家與魯迅在一些文
學問題和社會問題上產生分歧乃至激烈的爭辯是完全正常的，沒有分
歧和爭論才是不可理解的。

　　我想邵綃紅女士本無意成為傳記作家、文學史家抑或歷史學家，
她只是出於對生身父親的深摯的愛，「為了不讓邵洵美的名字被雲霧
淹沒」，才花費整整二十餘載的時間和精力，查閱了一百多種相關的
中英文報刊，採訪了幾乎所有尚健在的邵洵美的親朋好友，終於寫成
這部披露許多新的發現、澄清不少誤傳和迷團、以史料翔實見長的
《我的爸爸邵洵美》，以期向世人展示一個真實的豐富多彩的邵洵
美，還歷史以本來面目。她的態度是真誠的，嚴肅的。這部書與其說
是邵女士個人的回憶錄，不如說是一部別開生面的邵洵美傳。

文壇名家的子女撰文著書回憶父母親，當然不自邵女士開始，但據我所見，不少這類著述不是刻意拔高，就是有心回避，可信度大可懷疑。《我的爸爸邵洵美》難能可貴的是，能夠做到比較真切地反映邵洵美所處的時代、所走過的道路、所做出的貢獻和所存在的局限。全書對邵洵美眾多的文學創作和廣泛的文壇交遊做了迄今為止最為完備的梳理，這項屬於研究範疇的工作本來應該由專家學者來做，可是他們長期缺席了。誠然，對邵洵美的生活經歷，譬如他與美國女記者項美麗的情感糾葛，邵女士的記述很小心，很謹慎，這是完全可以理解的，與其胡亂猜測，大膽想像，不如從史實出發，只寫自己所看到的，所知道的。

　　更令人感動的是，這部《我的爸爸邵洵美》其實也是邵女士自己心路歷程的記錄，她不僅寫活了爸爸，也寫出了自己。她向讀者袒露心扉，寫了作家徐訏對她的追求，寫了她的初戀和無愛的婚姻，寫了她成年以後的種種不幸的遭遇，從而進一步襯托出二十世紀五十年代以後，像邵洵美這樣曾經在上海文壇產生不小的影響，曾經為中國新文學的發展竭盡心力的作家，雖然努力適應新的時代，卻僅僅因為受到過魯迅的批評，僅僅因為與主流意識形態保持一定的距離，就遭受不公正的待遇，遭到「莫須有」的迫害。邵女士記錄了那段沉重的歷史，也記下了她的思考和追問。

　　美國歷史學家卡爾・貝克爾說過，失去歷史記憶的人是失去心靈的人。《我的爸爸邵洵美》是邵綃紅女士個人的可珍貴的歷史記憶，也顯示了她作為邵洵美愛女的美麗的心靈。從這個意義上講，《我的

爸爸邵洵美》的出版，證實了貝克爾的一個有名的論斷：「人人都是他自己的歷史學家。」

我們應該感謝邵綃紅女士才對。

2005年5月19日急就於滬西梅川書舍

（2005年6月）

「海派」小說三題

劉呐鷗：《都市風景線》

　　在二十世紀中國文學史上，有的人寫了大半生，卻沒有一部作品可以傳世的；有的人創作生涯不過短短數年，卻引領了一代風氣，劉呐鷗就是這樣一位「但開風氣不為師」的人物。

　　劉呐鷗（1905-1940），原名劉燦波，臺灣台南人。早年負笈東瀛，二十二歲到上海插讀震旦大學法文特別班，與戴望舒、施蟄存等成為同窗好友。兩年之後，在上海創辦第一線書店，編輯發行同人雜誌《無軌列車》和《新文藝》，接著出版短篇小說集《都市風景線》，開始崛起於上海文壇。越三年又接觸新興的電影藝術，與人合編具有「軟性電影理論」色彩的《現代電影》，又自編自導言情片

《都市風景線》初版封面

《永遠的微笑》、《初戀》等。從此在中國現代文學和電影史上留下了不可磨滅的印記。劉吶鷗的結局出人意外，一說墮落成漢奸為虎作倀被暗殺，一說因與青紅幫糾紛被暗殺，反正很不美妙，死時年僅三十五歲。

劉吶鷗的文學創作實在不多，薄薄的一本《都市風景線》（1930年上海水沫書店初版）只收錄了八個短篇小說，加上集外的〈赤道下〉和〈殺人未遂〉，還有筆者最新發現的〈棉被〉和電影文學劇本〈A Lady to keep You Ompany〉等等，也不過十二篇，硬要擴充，或還可加上他翻譯的日本短篇小說集《色情文化》（1928年上海水沫書店初版）。但就是這些屈指可數的作品，卻足以使他在中國現代文學史上「青史留名」。

文學史家早已公認劉吶鷗是上海「新感覺派」的靈魂人物，與穆時英、施蟄存鼎足而立。正如已為論者所指出的那樣，由於劉吶鷗深受日本「新感覺派」的影響，他的小說文字有點彆扭做

作和洋腔洋調，但他小說的核心主題是真切地聚集在了現代化大都市的騷動不安和焦慮情感的體驗中的。上海的賽馬場、跳舞廳、咖啡館和繁華大街都是劉吶鷗小說中經常出現的場景，正是在這樣的背景，也即「十里洋場」的燈紅酒綠和嘈雜斑駁中，劉吶鷗表現了他筆下男女人物的情感危機和性與愛的困境，也展示了現代化大都市的聲色犬馬所導致的人性扭曲和異化。劉吶鷗擅長描述都市男女的性愛遊戲，他筆下的《都市風景線》充溢著情欲氾濫和肉感氣息，這是特殊的都市風景線，頗具代表性的都市風景線，也是耐人尋味的都市風景線。

深知劉吶鷗其人其事的施蟄存生前說過，劉吶鷗是三分之一臺灣、三分之一日本、三分之一上海洋場文化的混合，讀劉吶鷗《都市風景線》及其集外佚作，應可相信施蟄存此言不虛。

（2004年1月）

穆時英：《上海的狐步舞》

在二十世紀中國文學史上，穆時英是獨樹一幟的，他是中國現代都市文學的先行者和傑出代表之一。

穆時英（1912-1940）出生於浙江慈溪一個中產階級家庭，十歲隨父遷居上海。穆時英自小喜愛文學，1926年進上海光華大學中國文學系就讀。他對國學不感興趣，卻關注外國現代派文藝，著迷於現代小說技巧的移植和試驗。1930年2月，穆時英的處女作〈咱們的世界〉發表，獲得文壇好評，從此一發而不可收，成為上個世紀三十年代上

少年穆時英及其結婚照

穆時英

海的「新感覺派聖手」。

1933年，穆時英大學畢業。次年出任上海《晨報》副刊《晨曦》編輯，接著又與葉靈鳳合作主編《文藝畫報》等文學刊物，同時繼續他的小說創作。1935年以後進入國民黨上海市圖書雜誌審查委員會工作，與左翼文壇交惡。又在深受西方電影、戲劇、小說薰陶的基礎上撰寫了大量電影和文學批評文字，顯示了他多方面的文藝才華。

1936年春，穆時英因家事遠赴香港，仍然筆耕不輟。抗日戰爭爆發以後，他在香港出席了中華全國文藝界抗敵協會香港分會的成立大會。1939年秋離港返滬。次年5月，穆時英出人意外地主編汪偽控制的《國民新聞》，旋於6月在上海租界遇刺身亡，年僅二十九歲。

穆時英之死頗多疑點。直至三十多年後，才有當事人在海外撰文披露他是國民黨「中統」的抗日地下工作人員，為國民黨「軍統」所誤殺。穆時英的「漢奸」之冤由此始得昭雪。

　　穆時英最大的文學成就是小說創作。他生前出版了五種小說集，即：長篇小說《交流》（1930年上海芳草書店出版）、短篇小說集《南北集》（1932年上海湖風書局初版，1933年上海現代書局增訂再版）、《公墓》（1933年上海現代書局初版）、《白金的女體塑像》（1934年上海現代書局初版）和《聖處女的感情》（1935年上海良友圖書公司初版），還有一些作品散見於上海和香港的報刊雜誌，包括未完成的長篇小說《中國，一九三一》（1932年11月至1933年1月連載於上海《大陸雜誌》第1卷第5至7期），至今未見結集。

　　這部《上海的狐步舞》是穆時英短篇小說的精選本。細心的讀者會發現，這部小說集專選穆時英小說中最具創意和代表性的描寫上海都市生活的小說，力圖使穆時英豐富靈活的都市文化想像嶄露無遺。

　　在本書中，穆時英把他的眼光聚焦在「十里洋場」的夜總會、咖啡館、酒吧、電影院、跑馬廳等娛樂場所，追蹤狐步舞、爵士樂、模特兒、霓虹燈的節奏，捕捉都市人敏感、纖細、複雜的心理感覺。他以圓熟的蒙太奇、意識流、象徵主義、印象主義等手法，反映了上個世紀三十年代大上海廣闊的都市生活場景，開掘了都市文化的現代性和都市人靈魂的喧嘩和騷動，特別是把沉湎於感官享樂的摩登男女的情欲世界描繪得有聲有色，刻畫得維妙維肖，正如後來的論者所指出的：「以前住在上海一帶的大都市而能作出其生活之描寫者，僅有茅盾一人，他的《子夜》寫上海的一切算是帶著都市味，及穆時英等出來，而都市文學才正式成立。」（蘇雪林《中國二三十年代作家》）

　　也許由於穆時英的上海都市小說具有生動的畫面感和可視性，本書中〈黑牡丹〉、〈駱駝‧尼采主義者與女人〉、〈墨綠衫的小

姐〉、〈紅色的女獵神〉、〈貧士日記〉、〈田舍風景〉等篇小説
最初在雜誌上刊出時均配有精彩的插圖。插圖作者有「中國卡通電影
之父」萬籟鳴、著名漫畫家葉淺予、黃苗子、李旭丹和梁白波等，均
為一時之選，插圖形式有素描、版畫、線條畫等，多種多樣。這些插
圖圖文並茂地突出了穆時英都市小説的色彩與情調，卻長期不為人所
知。因此，挖掘出來，編入本書。此外，還收入穆時英的生活照、漫
畫肖像、著作書影和手跡等，從而使這部《上海的狐步舞》成為第一
部穆時英小説插圖本。需要説明的是，為了盡可能地保持穆作發表時
的原貌，這次編選對文字部分不作改動，儘管它們可能與現代書面語
已略有距離。

　　穆時英開創了中國都市小説的現代主義範式，影響深遠。相信這
部別開生面的穆時英都市小説插圖本會給讀者帶來新的閱讀愉悦。

（2001年4月）

潘柳黛：《退職夫人自傳》

　　對今天的文學愛好者來説，潘柳黛的名字無疑是十分陌生的。但
是，如果他們知道潘柳黛上個世紀四十年代在上海文壇上曾與張愛玲、
蘇青、關露並稱為「四大才女」，他們大概就要對她另眼相看了。

　　潘柳黛（1919-2001），筆名南宮夫人等。她出身於北京一個旗人家
庭，受過良好的教育，十八歲時隻身南下到南京報館求職，由謄稿員
晉升到採訪記者。後來到「十里洋場」的上海發展，以直抒胸臆的散

文和小說崛起於上海文壇。抗戰勝利後曾為多家上海「小型」報刊撰稿，所作《百美圖》、《神秘女郎》等長篇紀實性小說，以真實描寫當時上海影劇界和「隱秘職業」女性生活為特色，深受市民階層讀者的歡迎。五十年代初移民香港，從事電影劇本創作，以《不了情》及其插曲最為膾炙人口。七、八十年代成為香港報刊著名的專欄作家，以「南宮夫人信箱」、「你、我、她」及「婦人之言」等專欄贏得眾多女性讀者。1992年以後定居澳大利亞直至逝世。

　　1949年5月由上海新奇出版社出版的《退職夫人自傳》是潘柳黛的代表作。這部長篇與被譽為「中國女性主義小說經典」的蘇青名作《結婚十年》堪稱「雙璧」，也是以作者本人的戀愛結婚為藍本加以再創作。在《自傳》中，青年女主人公「我」的初戀、戀愛、婚姻到離婚的經歷得到了真切細膩的描繪，而小說對「我」的家世和複雜的人生經歷以及它們對「我」性格的形成發展的多方位穿插渲染，更使「我」

潘柳黛照片

《退職夫人自傳》封面

的形象生動豐滿。整部《自傳》描寫大膽，感情濃烈，文筆簡潔靈麗，充分表現了作者對封建禮教的極端蔑視，對個人婚戀自主和生活幸福的狂熱追求，正如當時有論者所指出的：「潘家柳黛小姐，卻是個敢說敢為的新女性；她有一枝玲瓏剔透犀利如刀的筆，她有一枚熱情奔放的心，有一顆如姜伯約一樣的大膽；所以她的作風，不特脫卻舊女性桎梏，亦為時代女兒所望塵莫及。這是她的長處，也是她的短處。」（老鳳〈寫給煉霞柳黛〉）

曾有文學史家把這部《退職夫人自傳》歸入「海派文學」加以討論。其實，《自傳》雖有「海派」色彩，但更確切地說，這部長篇不但在當時是很「另類」的，就是今天來看，也是開了女性小說「私人化寫作」的先河。從某種意義上講，潘柳黛比蘇青走得更遠。女性在中國漫長的歷史上經歷了那麼多的壓抑和摧殘，以至出現了潘柳黛這樣的女作家，寫《自傳》這樣另類的小說，這樣特別張揚女性的自我性情，無

論如何,是意味著對歷史的一種反撥,自有其值得深入思考的積極意義。相比之下,《自傳》所體現的作者自身的種種局限和不足也就是次要的了。

（2003年8月）

「夜上海」的文學再現

　　2001年新年伊始，我應蔡翔先生之約，為他主編的《上海文學》雜誌主持一個漫談老上海的專欄。專欄原定名為「夢回上海」，刊出時改為「時間‧記憶」。每期刊登二至三篇記敘回憶或研究論說三十年代上海風貌、人情的文字。從時間跨度上說，作者自三十年代起至九十年代都有；從地域分布上說，則遍及中國大陸及港臺地區和美國、日本。歷時一年，始圓滿結束。

　　我之所以欣然同意主持這個專欄，是出於重繪三、四十年代上海文化地圖的需要，也是出於重新梳理九十年代以來上海「懷舊熱」的需要。我力圖通過專欄選文，向讀者展示一個多元的、複雜的、充滿

活力而又光怪陸離的老上海，向讀者提供一個關於上海的歷史與現實的交叉視角。事實上，就總體而言，這個專欄也確實收到了預期的效果，「許多讀者隨之漫遊五十年代前的上海，而覺得非常有趣。歷史常常這樣，在閱讀中重新走近我們；而我們走近歷史，更多的是為了重新思考活著的現在」（《上海文學·編者的話》，2001年4月）。

上海是二十世紀上半葉遠東第一大都市，也是中國現代化進程中的一個敘事焦點。作為敘事對象，「上海」隨著時間的推移，已經不再是，確切地說，已不再僅僅是一個具體的城市名字。在中國現代化的進程中，它更多地成為一個符號。它的昨天和今天，它的大起大落，它的喜劇和悲劇，無不昭示著中國現代化的利與弊，喜與悲，經驗與教訓。因此，為了讓更多的讀者能夠讀到這些品味上海的妙文佳構，在感性的敘述和理性的討論中追昔撫今，我對「時間·記憶」專欄的選文作了必要的調整和充實，並增補了張懿先生輯錄的《中外文人筆下的上海》，重新編為一帙，交經濟日報出版社付梓。

顯而易見，本書的編選難免於編者個人的偏好。言說上海的文字已經何止成千上萬，在這樣一部篇幅十分有限的選集中不可能面面俱到。我只能遵循這樣的選文標準：一、側重當時；二、注重事實；三、富有文采。作者是名家固然佳，不是也無妨，只要文章好即可。所以，本書中既有茅盾、郁達夫、林語堂、阿英、曹聚仁、張愛玲、白先勇、木心這樣的大手筆，也有許純、周樂山、楊劍花、銘三這些名不見經傳者。當然，更多的是，穆木天、葉靈鳳、洪深、金溟若、邵洵美、林微音、梁得所、張若谷、董樂山等三、四十年代「海派」

或與「海派」關係較密切的作家，以及李歐梵、林文月、逯耀東、王德威、也斯、蕭錦綿等臺港海外作家。由此觀之，本書其實是二十世紀三十年代到九十年代中國大陸和臺港海外作家對上海的認知和懷戀，它們是形象的，而不是抽象的；是生動的，而不是死板的；是日常的，而不是宏大的；不消說，也可能是片面的而不是全面的。一言以蔽之，是中外作家筆下的上海，感性的上海，文學的上海。

　　書既編竣，起個什麼書名呢？倒頗費躊躇。我突然想起「文革」中「停課鬧革命」期間，一位中學好友經常哼唱的「夜上海，夜上海，你是個不夜城……」曲調特別悅耳動聽。儘管明知這是「靡靡之音」，但總覺得是那時「天天唱」的「語錄歌」所無法比擬的。多年之後，我才知道這《夜上海》是三、四十年代上海女歌星周璇演唱的音樂故事片《長相思》的插曲，由范煙橋詞，林枚（陳歌辛）曲。歌詞全文如下：

大東跳舞場

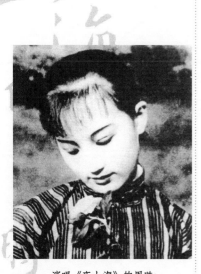

演唱《夜上海》的周璇

仙樂舞廳

夜上海，夜上海，你是個不夜城；華燈起，樂聲響，歌舞昇平。酒不醉人人自醉，胡天胡地蹉跎了青春。

只見她，笑臉迎，誰知她內心苦悶；夜生活，都為了，衣食住行。曉色朦朧，倦眼惺忪，大家歸去，心靈兒隨著轉動的車輪兒，

換一換，新天地，別有一個新境，回味著，夜生活，如夢初醒！

　　這首膾炙人口的《夜上海》是大上海的「音樂風俗畫」，維妙維肖地勾畫出燈紅酒綠的都市風光和香醇濃郁的海派情調，從而成為上海的一首「標誌性歌曲」，也是上海的一張「音樂名片」。數月前，我那位中學好友自澳洲返滬小住，問他是否還記得這首《夜上海》？是否還會唱《夜上海》？他正色

答曰：「怎麼不記得，怎麼不會唱？」於是我靈機一動，就定本書書名為《夜上海》。

2002年12月14日於上海

（2003年3月）

「記憶‧時間」主持人的話

一

　　「記憶‧時間」專欄本期正式開張。

　　在二十一世紀到來之際，美國哈佛大學李歐梵教授的新著《上海摩登》中譯本適逢其時地問世了。李歐梵對他四十年代末「第一次接觸上海都市文明的慘痛經驗」夢茲念茲，終於織成揮之不去的「上海情結」，釀培出這部精彩的探討1930年至1945年間中國新都市文化的《上海摩登》。〈雙城記〉是《上海摩登》的「後記」，把上海和香港這兩個二十世紀最具代表性的中國大都市對照比較，分析入微，頗多不刊之論，現在作為專欄的第一篇，竊以為很合適。

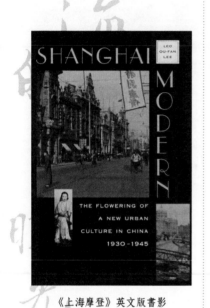

《上海摩登》英文版書影

《上海摩登》中譯本書影

今日的上海灘，咖啡館、酒吧、茶坊林立於大街小巷，形成都市文化豔麗的一景。那麼，當年的上海咖啡館文化又是何等模樣，歲月滄桑，是否還有跡可尋？發表於四十年代的「史蟫」的〈文藝咖啡〉提供了部分答案，其中津津樂道的新文藝作家與咖啡館的密切關係，較有趣。「史蟫」者，顯然是個筆名。由於文中追述創造社同人的活動特別詳盡，創造社「小夥計」邱韻鐸、龔冰廬等位當時又都在上海，所以「史蟫」很可能是其中的一位，但也無法確指，只能存疑了。

二

《時空的漫遊》是香港作家也斯十多年前的作品，但他筆下的上海，至今讀來仍覺生動鮮活，超越時空。作者一直關心都市文化，作為「都市漫遊人」，他寫過跨文類的《記憶的城市虛構的城市》（關於香港的）和《布拉格的明信片》等專著。這部寫上海的《時

空的漫遊》不僅僅是一篇遊記，它是作者內心與新舊上海的對話，是對曾經輝煌一時而今又在努力復甦的上海都市文化及文化人的追憶和描述，是一個充滿自省和比較的文化史旅程，引人遐思。

三十年代「海派」作家張若谷的〈俄商復興館〉等文雖然只是速寫，卻攝取了對當時號稱「世界第六大都會」的上海的珍貴的一瞥。三十年代初，上海一部分迷戀異國情調，嚮往「世紀末」風尚的文化人特別鍾情咖啡館文化，與上期揭載的〈文藝咖啡〉不同，張若谷從另一角度為我們留下了真實的記錄。比對當今上海灘林立的咖啡館，在咖香氤氳之中難免產生時空倒錯之感。

三

張愛玲與上海，近年來一直是論者關注和研討的熱門話題。臺灣女作家蕭錦綿是「張迷」，九十年代初專誠來滬探尋張愛玲當年的足跡。在離開上海前的最後兩個小時，她終於走進了常德路張愛玲故居，站在張愛玲故居的陽臺上。於是，她從張愛玲的一篇佚文〈《太太萬歲》題記〉引起聯想，寫出這篇穿越時空、文采斐然的〈上海的這一方陽臺〉。

「海派」作家林微音（即常與林徽因姓名相混的那位男士）小說寫得不怎麼樣，散文卻自有特色。特別是他的「上海百景」為總題的系列散文，真實記載了三十年代上海自然的與人文的都市景觀，風俗史意味頗濃。現從中選出二則，在撲面而來的頹放氣息中可以窺見「十里洋場」「海派」文人的日常生活，以及光怪陸離的風月場所的一個側面。

金溪若照片

《金溪若散文集》初版封面

牧原叢刊23
牧童出版社

金溪若
散文集

金溪若 著

四

　　美國哥倫比亞大學東亞系教授王德威是蜚聲海內外的研究中國現當代文學的專家，著述甚豐。《文學的上海──1931》，載取1931年這個特定的年代，以上海這個二十世紀上半葉中國最繁華的現代大都市為切入點，生動地描述了三十年代文學風雲變幻的起始，海上文壇眾多流派的此消彼長，互為因果。文中以上海為中心所探討的都市寫作、文學生產、歷史的空間想像等問題，均頗具啟發性。

　　金溪若的名字早已被人遺忘了。其實他是三十年代有個人風格的散文家、翻譯家。〈酒店風味〉是他五十年代在臺灣的一篇懷舊之作，仍滿溢三十年代散文的韻味。老上海的文化風貌是多方面的，保持傳統特色的中式酒肆即為其中之一，那裏的氛圍，那裏的情調，現代人恐怕是體會不到了，那就請讀一下金溪若這篇親切自然的小文吧。

五

　　木心者，何許人也？即便是研究中國現當代文學的專家，恐怕也感到很陌生吧。其實，他是享譽臺灣和美國華人文壇的著名散文家、詩人，只不過他一貫低調，專心繪畫和作文，以至長期以來此間對他以藝術家的慧眼和心智，觀察環境、思索生命、馳騁想像的雋永散文，幾乎一無所知。

木心

　　曾長期在上海居住，富於詩人氣質的木心，可說是一位標準的「老上海」。他對這個上世紀二十年代初到四十年代末堪與巴黎媲美的遠東大都市情有獨鍾。他定居紐約後，在中西文化的撞擊下，更對大洋彼岸的上海夢茲念茲，接連寫下〈從前的上海人〉、〈上海在那裏〉等憶念上海的動人篇章。特別是這篇〈上海賦〉以「三都」、「二京」、「一市」的聯想起興，鋪陳當年上海的畸形繁華，展示當年上海的形形色色，對「迪昔辰光格上海」的都市文化風格和精神內涵的勾勒尤為精到。文

郭建英畫《求於上海的市街上》

字的幽默生動，細韌綿密，種種警譬微妙的思維和意象，使全文平添一層誘人的藝術魅力。

郭建英的上海都市漫畫，想必讀者已有些熟悉了。1934年4月，郭建英在他自己主編的上海《婦人畫報》第17期上刊出「中國女性美專號」，他自己也專門寫了一篇圖文並茂的〈求於上海的市街上〉，對三十年代上海的都市女性提出了不同於流俗的有趣看法。

六

本期續刊木心〈上海賦〉第五章〈吃出名堂來〉。文中追憶三、四十年代上海的小吃，上海的京、粵、川、揚和本幫菜，上海的西餐和西點，乃至上海街頭巷尾的陽春麵和鹹豆漿，同樣如數家珍，引人遐思。一個國際性的大都市，不可能不注重飲食文化，不可能不是全國乃至世界美食薈萃之地，香港是如此，上海更應如此。木心先生九十年代初重返上海，還寫過一篇〈上海在那

裏〉，對當時上海一些老字型大小菜館的「中聽中看不中吃」的批評頗多。近十年過去了，今天上海的飲食文化是否已有長足的進步，是否足以與當年媲美？值得都市文化研究者留意。

郭建英的畫是「摩登上海的線條版」，本期刊登的是《求於上海的市街上》的第二章，同樣別有情趣。

七

木心的長文〈上海賦〉到本期連載結束了。在最後一章「只認衣衫不認人」中，木心追述十里洋場男女認知「人生如戲」，對「行頭」、「皮子」刻意追求的種種，從男士的長衫到女士的旗袍，描繪細緻而風趣，從而為三十年代上海的服飾文化留下了一份寶貴的文字記錄。在全文的結尾部分，木心又討論了上海的都市性格，雖未大加發揮，畢竟提出了「當年的上海，亦東西方文明之混血也，每多私生也」的觀點，值得注意。

「新感覺派」畫家郭建英的《求於上海的市街上》也一併落幕。他所欣賞的「富於現代美」的都市女性，就是到了今天，也不易尋覓吧？

八

三十年代上海有一份重要的大眾文化刊物《時代畫報》。該刊由大名鼎鼎的詩人、文壇「孟嘗君」邵洵美主持，以及時反映國家大

陸志庠畫《上海禮贊》插圖

陸志庠畫《上海禮贊》插圖

事、社會新聞和都市流行文化為己任，同時也刊登「新感覺派作家」寫的一些通俗文學作品。這篇〈上海禮贊〉發表於1933年11月16日《時代畫報》第5卷第2期，作者許純名不見經傳，但這無關緊要，有意思的是此文提到了上海作為遠東第一大都市的由來和發展，對三十年代上海都市生活方方面面的把握也較為到位。

與此文相對應，日本以寫上海著稱的通俗文學作家村松梢風的〈大世界新世界〉則對當時上海最有名的兩大大眾娛樂場所「大世界」和「新世界」遊樂場作了具體而又生動的描繪。我們以前很少見到這類文字，因為長期以來對二、三十年代上海大眾文化的研究幾乎是一片空白，村松梢風的回憶對當時上海戲曲史、風化史的研究也是不無裨益的。

九

關於上海的舊文，歷來是寫都市的繁榮浮華、聲色犬馬為多，但是也有有識之士注意到都市現代化的另一面，譬如葉靈鳳的〈煤煙〉和〈河〉即是。

葉靈鳳是上個世紀二十年代最具影響力的新文學社團之一創造社的「小夥計」，以小說、散文和書籍裝幀著名，三十年代又加盟「現代派」，後移居香港，成為港島屈指可數的藏書家和書話作家。他1929年在《上海漫畫》週刊上開設「雙鳳樓隨筆」專欄，〈煤煙〉和〈河〉是其中的兩篇。

現代化所帶來的環境污染，特別是空氣污染和水質污染，是世界各國大都市在發展過程中都曾面臨的難題。二十年代末上海在這方面的可怕情景，葉靈鳳在這兩篇短小的散文中描繪得十分真切。葉靈鳳大概是中國現代作家中最早關注環境保護的，他其實提出了人類如何和自然協調，怎樣和萬物相處的嚴肅問題，直至今日仍有現實的警醒作用。

十

金子光晴的名字，不及武者小路實篤、谷崎潤一郎這樣與中國文壇關係密切的日本文學大家來得響亮，但作為與魯迅、郁達夫等不少中國作家交往甚多的日本詩人，他始終對中國尤其對上海抱著一份深摯的情感。他多次遊歷上海，還曾在上海主辦浮世繪展覽。他在《上海書札》中描繪的二、三十年代的上海，有出自詩人敏感的獨特的風韻。

上海的美麗肬

林文月

　　林文月是臺灣當代散文名家,更是翻譯日本古典文學的高手。她雖然祖籍臺灣,卻是生在上海,長在上海。童年生活的點點滴滴,是如此溫馨感人,這篇題為〈江灣路憶往——擬《呼蘭河傳》〉的回憶錄,可稱情思悠遠的碩學才女對四十年代上海江灣一帶生活的委婉追懷。

十一

　　本期選錄的三篇描寫上海的舊文,即施磐的〈上海和北平〉、好好的〈閒話浦東〉和楊劍花的〈上海之夜〉,有兩個有趣的現象,一是三位作者均是名不見經傳,生平不詳;二是三篇舊文均刊登於當年鴛鴦蝴蝶派的刊物,應可視作後期鴛蝴派的作品。

　　近年海內外學術界對鴛蝴派不斷重新審視和評價,但大都集中於小說創作方面的成就,其實該派的散文創作也很活躍,很講究,不少作品見解不俗。如〈閒話浦東〉,早在四十年代後期,作

者就大膽地提出「開發浦東」的觀點，
雖然有些設想不切實際，畢竟是得風氣
之先。

鴛蝴派與老上海的關係可謂大矣，
換句話說沒有「十里洋場」的繁榮，也
就沒有鴛蝴派的興盛，從這三篇散文或
可管窺一斑。

十二

六十六年前，在上海堪稱暢銷雜誌
的《良友圖畫雜誌》別出心裁地約請在
上海生活過的作家撰文談論他們心目中
的上海，本輯四篇散文就是從1935年
《良友》連載的這組回憶上海系列文中
選錄的。

四篇文章的作者在二十世紀中國文
學史上大名鼎鼎，自不必再辭費紹介。
有意思的是，寫老上海，有郁達夫筆下
的茶樓；寫當時正「與國際接軌」的
新上海，有洪深筆下的大飯店（今稱高
級賓館）和茅盾筆下的證券交易所；寫
新舊混雜的上海，則有穆木天筆下的弄

土耳其浴室

福州路會樂里

堂。四位作者從不同的角度勾勒了三十年代「遠東第一大都市」上海的形象，既有從外觀到內在的，也有從精神到物質的。這些頗具文采的文字帶給讀者的不僅僅是對昔日上海的真實描繪，更會令讀者激發進一步探究30年代上海的經濟生活和文化生活的熱情。

有必要補充一句的是，郁達夫、洪深、穆木天諸篇未曾收入作者的文集或全集，都是他們的佚文。

（2001年1-12月）

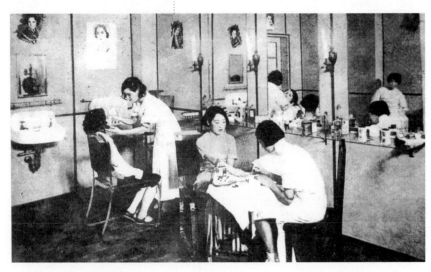
美容院

重繪文學上海的地圖

　　我一直有一個夢想，那就是繪製上個世紀至今的文學上海的詳盡地圖，展示上海在中國近現代文學史上無可替代的重要地位。雖然，隨著時間的推移，我也意識到這個夢想要付之實施已越來越困難，越來越渺茫。

　　1867年，英國皇家藝術協會在倫敦哈爾斯街詩人拜倫出生地嵌裝了第一面文化名人徽章以為紀念，此後經過一百多年的變遷，這項舉世矚目、造福後代的保存文化遺產的計畫現在由英國遺產協會執行。據統計，單是倫敦一地就已嵌裝了七百多面文化名人藍徽章。今天，每位到倫敦旅遊的觀光客，在倫敦的大街小巷隨處可見這種標誌性的

上
海
的
美

丁玲故居

藍徽章，隨時隨地可以緬懷前賢先哲留下的足跡，感受文學倫敦深厚的歷史文化底蘊。

雖然上海的文化不如倫敦悠久，但文學上海也已存在一百多年了，上海同樣是一座擁有高度文化氣息的國際大都市。遠的且不說，上個世紀二、三十年代以降，魯迅、郭沫若、茅盾在上海居住過，胡適、徐志摩、林語堂在上海居住過，郁達夫、鄭振鐸、豐子愷在上海居住過，丁玲、蕭紅、張愛玲在上海居住過，錢鍾書、傅雷、施蟄存在上海居住過，曾孟樸、包天笑、周瘦鵑也在上海居住過，這份名單可以開得很長很長，還可再加上到過上海的泰戈爾、蕭伯納等世界文豪。各種文學流派的代表人物都在上海文壇上風流蘊藉，大展身手。然而，他們當年居住的地方、求知的學校和工作的機構，當年經常光顧的書店、電影院、戲院、舞廳、餐廳、咖啡館、茶室等等，等等，而今安在？除了少數已被妥善地永久性保存之外，相

當大部分已被拆毀，或者被改造得面目全非了。這是上海文化保護（其實保護也就是為了更好地發展）方面一個至今未能引起足夠關注的重大損失。

因此，我想到了倫敦的藍徽章計畫，我們應該虛心認真地向倫敦學習。不是說上海未曾做過這方面的努力。像虹口區的文化名人故居掛牌，盧灣區的巴金故居掛牌，都是值得稱道的建設性舉措。但這項工作至今各自為政，標準不一，沒有專門的權威性機構，沒有統一的長遠規劃，特別是往往囿於這樣那樣已經過時的僵化的傳統觀念，缺乏開放的心態、寬容的氣度和前瞻性的眼光。為了加速上海成為現代化國際大都市的步伐，在制定《上海文化設施建設總體規劃（2004-2010）》時，應該刻不容緩地制定保護文化名人，特別是文學家故居的切實可行的長遠規劃，至少應像倫敦藍徽章計畫那樣對目前尚存的文學家故居和相關建築有計劃有步驟地掛牌紀念，排除各種干擾，逐漸加大保護

豐子愷日月樓

力度，從而有可能重繪相對完整的文學
上海的地圖。

（2004年12月7日）

傅雷故居

人去樓空誰有知

一

　　靜安寺及其周圍一帶，從三十年代至今，歷來是上海主要鬧市區之一。但在具有考據癖的筆者眼中，靜安寺一帶之所以吸引人，並不在於那座歷史悠久、據說建於三國時代的靜安寺，也不在於其商業的繁華和擁有「百樂門」舞廳這樣聞名海內外的娛樂場所，而是在於她是三十年代新文學名家高手的薈萃之地。當年「創造社」元老郁達夫就住在離靜安寺僅數百米的赫德路嘉禾里，而毗鄰靜安寺路的民厚南里也出沒過「創造社」另一位主帥郭沫若的身影，「文學研究會」發起人鄭振鐸長期棲身靜安寺廟弄，至於「新月派」祭酒徐志摩所住

的福熙路四明村距靜安寺也不太遠，「新感覺派」小說大師施蟄存的愚園路寓所和「九葉派」首席詩人王辛笛的南京西路寓所也都在靜安寺附近，凡此種種，怎不令人神往？每當筆者路過靜安寺，就頓生思「古」之幽情，遙想這些文壇前輩當年在靜安寺留下的蹤跡。

　　然而最令筆者感興趣的還是四十年代轟動上海，五十年代以降又享譽海內外的女作家張愛玲的住宅。這是一幢七層的西式公寓，矗立在靜安寺邊緣的靜安寺路（現名南京西路）與赫德路（現名常德路）口，坐西朝東。雖經半個世紀的風風雨雨，已經蒼老斑駁，但仍保持幾分鶴立雞群的況味。這幢原名Edingburgh House的公寓，因張愛玲之故，已一再出現在文人筆下，經他們的生花妙筆一點染，更具迷人的風姿。請看張愛玲當年的情人胡蘭成這樣描寫她的住宅：

張愛玲常德路故居門廳的信箱

她房裏竟是華貴到使我不安，那陳設與傢俱原簡單，亦不見得很值錢，但竟是無價的，一種現代的新鮮明亮幾乎是帶刺激性。陽臺外是全上海在天際雲影日色裏，底下電車當當的來去。（《今生今世‧民國女子》，1958年12月日本名古屋作者自印本）

四十年代成名的「張派」作家李君維對張愛玲的住宅也讚不絕口：

我有幸與張（愛玲）的女友炎櫻大學同學；一時心血來潮，就請炎櫻作介前往訪張。某日我與現在的翻譯家董樂山一起如約登上這座公寓六樓，在她家的小客廳作客。這也是一間雅致脫俗的小客廳。張愛玲設茶招待……

（〈在女作家客廳裏〉，載1990年6月1日上海《新民晚報》）

美國學者司馬新寫這幢公寓，則在平實中略帶些許感喟：

次日去訪張愛玲在赫德路之舊居（今名常德路），那幢公寓想來是20年代所建，頗有Art Deco之況味，與紐約東區一些高樓大廈相似。那公寓對我倒是記憶猶新，因我在50年代所進之小學，即在公寓附近。新房客很客氣，容許我們內進參觀，並准許在陽臺上拍照。此間公寓非常寬敞，一客室二臥室，又有大型廚房。在大陽臺上可鳥覽整個上海市……

（〈張愛玲二三事〉），載《明報月刊》1988年3月號）

臺灣女作家蕭錦綿更是以十分激動和傷感的心情，刻畫她所見到的張愛玲住宅及其陽臺：

> 在離開上海的最後兩小時，終於找尋到了這一方陽臺。……
>
> 此刻，從這方陽臺望出去，右前方的哈同花園，只剩下一點點邊。隔著馬路的正對面，古舊厚實的圍牆內，是「公安局」隔壁的起士林咖啡館，目前是一個衛生防疫處。
>
> 陽臺後側有一間不大的「偏房」，是40年前的法式玻璃門窗格局，我輕觸著早已銹蝕的手把，門居然很快開了——裏面，一個老人在一張舊床上躺著。
>
> （〈上海的這一方陽臺〉，載1989年2月臺北《女性人》創刊號）

四位「張迷」中竟然有三位不約而同地提到張愛玲舊居的陽臺，可見其頗有特色，而且還被賦予一種象徵意義，使人難以忘懷。張愛玲本人也多次情不自禁地提到這方陽臺，她在〈我看蘇青〉的結尾寫道：

> 她走了之後，我一個人在黃昏的陽臺上，驟然看到遠處的一個高樓，邊緣上附著一大塊胭脂紅，還當是玻璃窗上落日的反光。再一看，卻是元宵的月亮，紅紅地升起來了。我想道：「這是亂世。」晚煙裏，上海的邊疆微微起伏，雖沒有

山也像是層巒疊嶂。想到許多人的命運，連我在內的，有一種鬱鬱蒼蒼的身世之感。「身世之感」，普通總是自傷、自憐的意思罷，但我想是可以有更廣大的解釋的。將來的平安，來到的時候已經不是我們的了，我們只能各人就近求得自己的平安。（載1945年4月《天地》第19期）

她在〈《太太萬歲》題記〉結尾時又寫道：

陽臺上撐出的半截綠竹簾子，一夏天曬下來，已經和秋草一樣的黃了。我在陽臺上篦頭，也像落葉似的掉頭髮，一陣陣掉下來，在手臂上披披拂拂，如同夜雨。遠遠近近有許多汽車喇叭倉皇地叫著；逐漸暗下來的天，四面展開如同煙霞萬頃的湖面。對過一幢房子最下層有一個窗洞裏冒出一縷淡白的炊煙，非常猶疑地上升，彷彿不大知道天在何方。露水下來了。頭髮濕了就更澀，越篦越篦不通，赤著腳踩，風吹上來寒颼颼的，我後來就進去了。

（載1947年12月3日上海《大公報‧戲劇與電影》第59期）

　　這些生動細膩，充滿藝術魅力的描述無不透露出張愛玲當時複雜微妙的心境，帶著她獨有的那種悲涼入骨、無可奈何的滄桑感。讀者除了驚歎於作者的才氣之外，也不由得感慨萬千，至少在筆者是如此。

　　確切的說，張愛玲曾在這幢公寓兩度居住。1939年與姑姑和母親在該樓51室住過一個短時期，不久遠赴香港大學深造，1942年因太

平洋戰爭爆發，輟學返滬，與姑姑一起搬入65室（現為60室），直至1947年秋母親去國遷居為止。這短短的五六年時間在張愛玲創作史上至關重要，只要想一想她的代表作——小說集《傳奇》和散文集《流言》先後在這一時期問世，就不能不對這幢公寓刮目相看了。張愛玲在這裏答謝發表她成名作〈沉香屑：第一爐香〉的《紫羅蘭》主編周瘦鵑，在這裏接待她的中外文學界朋友，還在這裏應《雜誌》編者之約與另一位著名女作家蘇青舉行對談（去年臺灣五四書店出版「出土文物」《蘇青散文》，頗為海內外文學界所注意），特別是張愛玲膾炙人口的〈金鎖記〉、〈傾城之戀〉等不朽名篇都誕生在這裏，更何況她還在這裏寫過那篇幽默風趣的〈公寓生活記趣〉，這幢公寓值得海內外「張迷」追索尋訪的紀念意義也就不言而喻了。

歲月無情。而今當筆者也終於登上這幢公寓60室的陽臺時，極目遠眺，儘管四周尚未高廈林立，卻突然發現對面不遠剛剛落成的三十七層「上海商城」的雄姿，已使眼前的天地縮小了整整一大截，畢竟今非昔比了。也許遠在大洋彼岸，幾乎與塵世隔絕的張愛玲再也見不到往日朝夕相伴的這幢公寓了，真可謂故國春夢，不堪回首。

（1990年11月）

二

上海南京西路上的國際飯店（Park Hotel）在三、四十年代號稱「遠東第一高樓」，至今雄姿猶存，聞名遐邇。但不管是生於斯長於

斯的「上海人」，還是到此旅遊觀光的「海外客」，絕少有人注意國際飯店背後的一座僅六層高的長江公寓，更無人知曉這貌不驚人的扇型公寓就是中國著名女作家張愛玲在大陸最後的居住地。1952年7月，張愛玲就是從這裏離開上海去香港大學繼續學業，從此告別故國，開始了她漫長而又奇特的海外創作生涯。

長江公寓原名卡爾登公寓（Carlton Mansion），與當時第一流的卡爾登戲院（現名長江劇場）相距僅數步之遙。卡爾登戲院上演過張愛玲編劇、桑弧執導的電影《不了情》，轟動一時，與張愛玲的「關係」也非同一般。四十年代中後期，張愛玲創作《不了情》和〈傾城之戀〉、〈金鎖記〉等代表作時住在靜安寺附近的常德路（原名赫德路）上的Edingburgh House，這所公寓今日已十分有名，其原因在於不但張愛玲自己在散文〈公寓生活記趣〉中對它作過具體而有趣的描述，它還不斷出現在張愛玲當年的情人胡蘭成、美國學者司馬新和臺灣女作家蕭錦綿等人的筆下，頗受海內外「張迷」矚目。相比之下，長江公寓至今默默無聞，似乎有點不公平。

其實，在張愛玲的生活和創作史上，長江公寓同樣扮演了重要角色，也是一個必不可少的見證人。張愛玲與她的姑姑於1947年遷出Edingburgh House，先後在錦江飯店北樓（原名華懋公寓，Cathay Mansion）和南京西路梅龍鎮旁的重華新村小住，在重華新村，還親眼見到中國人民解放軍「解放」大上海，印象一定很深刻。1950年就搬到長江公寓301室。正是在長江公寓裏，張愛玲寫完了她早期唯一的長篇小說《十八春》（後來作了較大的修改，改名《半生緣》）。前幾年「新出土」，引起海外文學界普遍關注的張愛玲在大陸的最後一部中

篇《小艾》也是在這裏完成的。順便説一句，據説「小艾」還實有其人，現在已當祖母了。張愛玲還從這裏出發去參加上海解放後第一屆文學藝術家代表大會，柯靈在那篇膾炙人口的〈遙寄張愛玲〉中對此有過生動的回憶。不久，當夏衍得知張愛玲已經出國時，特地委託刊登《十八春》和《小艾》的《亦報》負責人唐大郎到這裏來找她的姑姑，對未能及時安排張愛玲合適的工作表示歉意，同時希望張愛玲能在香港《大公報》和《文匯報》上發表文章。但是這個訊息並未傳到張愛玲那裏，張愛玲與姑姑在這裏灑淚分別時已有約在先：中斷一切聯繫，因此姑姑無法轉達。

直到今天，張愛玲還與這所公寓保持「聯繫」，可以大膽的説，這所公寓是遠在大洋彼岸，幾乎與世隔絕的張愛玲神縈夢繞之所在。這是因為對她的生活和創作都產生過重大影響的姑姑還住在這裏，姑姑是她在大陸最親的親人，豈能不日夜思念？十年前，當姑姑終於輾轉設法與張愛玲取得聯繫時，張愛玲在回信中就感慨地表示：我也一直想你，想不到你還在這個房子住。前年8月22日，張愛玲在致姑姑的信中又牽腸掛肚地説：「這些時沒消息，不知道姑姑可好些了？又值多事之秋，希望日常生活沒太受影響，非常掛念。」張愛玲可謂與這所公寓結下不解之緣，什麼時候，她能與姑姑再在這裏相聚，那該多好！然而，天各一方，恐怕這只是一個美好的願望，難以實現了！

「三十年前的月亮早已沉下去。」三十年前的故事雖然還沒有完，也快到尾聲了，只有這座卡爾登公寓還將繼續矗立在那裏，無聲地向後人訴説著這段它應該引為自豪的歷史。

（1991年1月6日）

張愛玲故居的喜和憂

　　不久前，上海報載常德路195號常德公寓張愛玲故居已經掛牌，這是一個姍姍來遲的消息，但畢竟還是令人高興的。由於忙，拖到日前才頂著烈日前去「驗證」拍照，以存我一直在搜集充實的「張愛玲資料庫」。

　　常德公寓是張愛玲1942年夏至1947年夏的居住之地，《傳奇》和《流言》中的大部分作品都是在這裏創作的，因此，可以毫不誇張地說，這裏是中國現代文學的一個「福地」。來到我早已熟悉的公寓大門前，開始竟找不到這塊紀念牌。大門右側牆上確實釘掛著一塊牌，卻是上海市人民政府1994年2月15日所立的上海「優秀歷史建築」紀念牌，上面鐫刻著「原愛林登公寓。鋼筋混凝土結構。1936年竣工。

裝飾藝術派風格。⋯⋯」等字。顯然，這與張愛玲無關。不過，幸好這位處上海黃金地段的「愛林登公寓」（又譯作「愛丁頓公寓」）也即今天的常德公寓被列為「優秀歷史建築」，否則，張愛玲故居很可能早就被拆除，新建令我生厭的摩天高樓了。

找了半天沒找到紀念牌蹤影，不禁有點懷疑起報上的報導來。無意中抬頭一看，紀念牌赫然在矣。原來這塊紀念牌懸掛在常德公寓大門門簷正上方，位於「常德公寓」四個金字之下，如不走近仰首，是根本不會注意到的。紀念牌上端鐫刻著青年張愛玲的頭像，黃色的紀念牌主體上鐫刻著中、英文牌文，中文牌文照錄如下：

張愛玲故居

（常德路195號）

張愛玲（1921-1995），女作家，寫作風格，樸素秀逸，1952年，赴美國定居，1994年由皇冠出版社出齊《張愛玲全集》十五冊，並獲得臺灣《中國時報》的「特別成就獎」。

上海市靜安區人民政府立

2005年

「張愛玲故居（常德路195號）」是紅字鐫刻，顯得大方莊重。然而，這段牌文卻實在不敢恭維，短短不到百字之內竟有三處史實錯訛。

且不說牌文中標點符號（主要是逗號）的使用是否得當，也不說張愛玲創作的風格是否可用「樸素秀逸」四個字來概括，牌文中竟把張愛玲的生年搞錯了。張愛玲生年應為1920年而不是1921年。她1939

年8月在香港註冊入學時，所填寫的出生日期是1920年9月19日。她六十年代初在美國親筆所撰履歷表（原件存夏志清先生處）中寫的出生日期是1920年9月30日。她1975年為美國紐約威爾遜公司出版的《世界作家簡介（1950-1970）》一書撰寫英文「自白」時所寫的出生日期也是1920年9月30日。她的美國身份證上所填寫的出生日期仍是1920年9月30日。張愛玲1994年11月25日致臺灣《中國時報》副刊編者信中明確表示：「以前貴報寄來的履歷表，我填『1920年生』，迄誤作『1921』，知道的人看了會以為我瞞掉了一歲，也請予以更正。」因此，張愛玲生於1920年早已在張愛玲研究界形成共識。

　　牌文中說張愛玲「1952年，赴美國定居」，也是大錯特錯。張愛玲1952年夏離開上海去的是香港，而不是美國。同年8月她入香港大學復學，但未繼續就讀，其間又曾短暫地去過日本。直至三年以後，也即1955年秋，她才離開香港赴美國謀求新的發展。張愛玲到達美國的日期是1955年10月22日，怎麼能說她1952年就「赴美定居」了呢？

　　牌文中說「1994年由皇冠出版社出齊《張愛玲全集》十五冊」，又錯了。臺灣皇冠出版社自1991年起陸續出版《張愛玲全集》，至1994年出版張愛玲的最後一部著作《對照記》，共出十四種十六冊，即《秧歌》、《赤地之戀》、《流言》、《怨女》、《傾城之戀——張愛玲短篇小說之一》、《第一爐香——張愛玲短篇小說之二》、《半生緣》、《張看》、《紅樓夢魘》、《海上花開——國語海上花列傳一》、《海上花落——國語海上花列傳二》、《惘然記》、《續集》、《餘韻》、《對照記》和《愛默森選集》。十五冊和十六冊，雖僅一冊之差，卻是斷斷不能弄錯的。順便提一句，2004年「新出

土」的《同學少年都不賤》是被列為《張愛玲全集》第十七冊的。至於皇冠於2001年4月出版的煌煌十四卷《張愛玲典藏全集》,則是在《張愛玲全集》基礎上重編的。

常德路張愛玲故居現在已是上海標誌性的文化景點之一,就在我拍照之際,就有一位來自臺灣的長者也用照像機在拍攝故居全貌和紀念牌,我們兩人還互相頷首微笑致意,一切均在不言中。固然,張愛玲故居立牌紀念,是對張愛玲文學地位的一種承認,從某種意義上講,可以理解為張愛玲在逝世十周年紀念來臨之際「重返上海」,也是為重繪上海文學地圖畫上濃重的一筆,顯示了「海納百川」的開放胸襟,無疑值得稱道,令人欣喜。但這段牌文竟如此草率,如此出錯,又不能不令人吃驚,不能不令人遺憾,也不能不令人擔憂。文化名人故居紀念牌的牌文內容是至關重要的,應該簡明、規範、準確,應該經得起時間的考驗。看來重繪上海文學地圖並非輕而易舉,要慎重,要多多徵求專家的意見,以免好心辦錯事。

(2005年7月20日)

摩登上海的線條版

　　郭建英，何許人也？他的名字在中國文壇消失已將近七十年了。注1

　　出身於1907年的郭建英是福建同安人氏，其父郭左湛曾任中國駐日公使館二等秘書。他1931年畢業於上海聖約翰大學政經系，隨即進中國通商銀行任秘書。1935年赴日任中國駐長崎領事館領事。但他仕途短暫，兩年後即回國，棄政從商。四十年代後期赴臺，先後任臺灣第一銀行副理、經理、總經理。1979年，郭建英在臺灣國泰租貸公司董事長任上謝世。

　　讀這樣一份簡歷，也許有點乏味。郭建英的這段人生旅程，充其量只能說明他是上個世紀一位較為成功的實業家，像他這樣的經濟界

人士，當時在「十里洋場」的上海，即使不是成千上萬，至少也是大有人在的，如此而已。

然而，郭建英還有鮮為人知的獨特的另一面，他曾領三十年代上海文壇風騷，畫苑春色，雖然前後不過五、六年光景，但他的文，特別是他的畫，著實為三十年代上海都市文化史增添了濃重的一筆。

早在大學求學期間，郭建英就迷戀文學，尤其對橫光利一、片岡鐵兵等日本現代主義文學家的作品情有獨鍾。他與「新感覺派」小説家劉吶鷗過從甚密，1929年9月，劉吶鷗與施蟄存、戴望舒等聯手創辦《新文藝》，大興「新感覺派」文藝思潮時，郭建英就積極加盟。他在《新文藝》上用本名和筆名「迷雲」發表的著譯，就有〈梅毒藝術家〉、〈煙草藝術家〉、〈藝術的貧困〉、〈現代人的娛樂姿態〉等六、七篇之多。他還翻譯過普列漢諾夫的《無產階級運動與資產階級藝術》，顯然，這是趕當時「革命文學」的時髦。後來施蟄存主編《現代》，名家薈萃，郭建英也寫了一篇〈巴爾札克的戀愛〉去湊熱鬧。他還出版過翻譯掌篇（極短篇）小説集《手套與乳罩》。可以毫不誇張地説，郭建英其實是「新感覺派」中的一員，只不過他的文名遠不及劉吶鷗、穆時英、施蟄存等人罷了。

如果郭建英只會寫和譯，他的成就確實有限，但他更能畫，他自己一定也意識到了自己繪畫上的出眾才華。自1931年起，郭建英的都市生活漫畫開始出現在上海的各種報刊，越來越引人注目。1934年6月，《建英漫畫集》由上海良友圖書公司隆重推出，當時的「出版預告」稱這本畫集是「現代都市生活美麗的圖譜」，書中「充滿著現代

新鮮的感覺，富於魅力的畫線」，作者
「以優美的線條，深刻地描寫了現代都
市生活的真諦」。[注2]這些話雖然有廣告
宣傳之嫌，但大體上還是符合實際的。

與此同時，郭建英又接編《婦人
畫報》。[注3]他感歎「中國還沒有著一本
較高尚而富於時代性」的女性雜誌，宣
稱要把《婦人畫報》辦成供給都市女性
「世界上最新的關於女性的知識」、
「充滿著新鮮的感覺與柔和的情感的小
說」和「輕鬆而幽默的小味」[注4]的時尚
雜誌。於是，時裝、美容、名牌香水、
中外影星和劉吶鷗、穆時英、施蟄存、
黑嬰、馬國亮等人的都市小說，徐遲、
鷗外鷗、侯汝華等人的現代詩，張若
谷、姚蘇鳳、黃嘉德等人的戀愛隨筆，
胡考、魯少飛、黃苗子等人的生活漫
畫，在《婦人畫報》上奇妙地混合在一
起，五光十色，別具風姿。

編輯《婦人畫報》近兩年，郭建
英更是大顯身手，又寫又譯又畫。他為
劉吶鷗和黑嬰的「新感覺派」小說、為

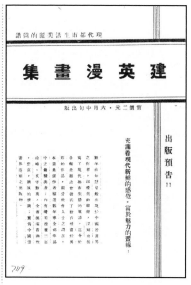

《建英漫畫集》出版預告

已在文壇嶄露頭角的徐遲的詩和鷗外鷗的散文所作的插圖，與原作絲絲入扣、相得益彰自不必說，他為自己所譯中村正常、淺原六郎、山本徹夫、J.W.皮恩斯托、雪爾・基奈兒、May Edison等人的都市戀愛小說所作的插圖，同樣十分精彩。奇怪的是，原作者無論來自日本還是歐美，皆名不見經傳，無從查考。因此，有理由懷疑，這些小說並非譯作，說不定全部出自郭建英本人手筆，他是在故弄玄虛以吸引讀者，這實在是很有趣的事。就在這樣的真真假假中，郭建英成了三十年代上海為文學作品插圖最多、最具個性的漫畫家之一。

嚴格說來，郭建英的漫畫是現代都市生活的素描，他們不以色彩而以線條取勝，是豐富的想像與鮮活的具象的結合，而且郭建英善於把文字嵌入畫面，使之成為漫畫的有機組成部分。跳舞、看電影、逛公園、打高爾夫球、喝咖啡、品雞尾酒、抽Ruby Queen煙，還有好萊塢明星、時裝模特、新潮男女談情說愛、金錢的誘惑、現代婚姻的困境——現代化大都市的形形色色，光怪陸離，都被郭建英信手拈來，化作他都市漫畫的絕妙題材。其畫線條的簡潔、柔和、優美，筆觸的幽默、悲憫、譏諷，以及畫面內在的混亂、衝突、動盪不安和多種狂熱的迷戀，往往會使讀者發出會心的微笑。

當然，郭建英最為擅長的是三十年代「十里洋場」女性的眾生相。郭建英筆下的上海摩登女性真是風情萬種，她們活躍在情調迷人的舞廳、酒吧、高爾夫球場這樣的公共休閒場所，甚至在綠草如茵的大學校園，與追逐她們的男人調情、周旋，一個個活力四射，對她們身體的「主體性」信心十足。作為男人欲望的對象，她們也大膽地把

自己的欲望投射在男人身上。郭建英筆下的這一批特色鮮明的摩登都市尤物形象，或許可以被理解成當時男性畫家的一種臆想，也可被解讀成大都市物質魅力的載體，頗耐人尋味。

無論在郭建英之前還是之後，很少有人像他這樣用畫筆集中描繪上海這個國際性現代化大都市的流行和時尚、夢幻和刺激，說他是三十年代上海都市魅力的忠實記錄者，大概是恰當的。現在看來，若要研究三十年代中國城市現代性的文本創作，單讀劉吶鷗、穆時英、施蟄存等人用文字感覺和經驗「城市夢魘」的小說已經不夠了，還應加上郭建英的都市漫畫，它們是現代都市敘述模式在繪畫領域中的生動體現，是摩登上海的線條版。作者郭建英堪稱獨一無二的運用畫筆的「新感覺派」。

《建英漫畫集》今天已經很難尋覓了，不知道郭建英晚年是否懷念他三十年代這段有聲有色的文藝生涯？可以肯

郭建英漫畫：現代女子腦部
細胞的一切

《摩登上海》初版封面

定的是，實業家的郭建英已漸漸被人遺忘，展示摩登上海的「新感覺派」畫家的郭建英一定會不斷地被人評說。

（2001年4月）

【注釋】

注1：1996年6月，山東畫報出版社出版了漫畫家同時也是漫畫史研究家畢克官的《過去的智慧：1909-1938漫畫點評》，書中首次介紹了郭建英的四幅漫畫：〈車廂裏的尷尬〉、〈最時髦的男裝嚇死了公共廁所的姑娘〉和〈春之姿態美〉（二幅），但對郭建英的生平只有寥寥數語，稱他是「三十年代上海的一位多產漫畫家，早在1934年就結集出版了《建英漫畫集》」。2000年6月，北京三聯書店出版了藏書家姜德明編選的《插圖拾翠：中國現代文學插圖選》，書中選錄了郭建英為劉吶鷗短篇小說〈殺人未遂〉所作插圖二幅，並稱「郭建英，生卒年不詳。三十年代上海漫畫家，以畫城市生活為主。線條流暢簡練，作品缺乏濃厚的生活感」。

注2：引自1934年2月《婦人畫報》第18期。

注3：《婦人畫報》創刊於1933年4月，郭建英先為《婦人畫報》的作者，在該刊連載圖文並茂的〈摩登生活學講座〉。自1934年1月第14期新年革新號起，郭建英主持《婦人畫報》編務，至1935年11月赴日本止。

注4：引自1935年1月《婦人畫報》第14期〈編輯餘談〉。

上海的咖啡香

從「磕肥」到咖啡

　　咖啡是最強勁最有效的精神刺激物。咖啡也是舶來品，剛傳入上海灘時，趕時髦的新派人物喝了，往往叫苦不迭，沒想到竟像咳嗽藥水一樣難喝。慢慢地隨著西餐在上海灘的推廣和普及，咖啡也逐漸為人們所接受，所喜愛。朱文炳的〈海上竹枝詞〉（1909年）中，已有描寫咖啡的詩句，同年上海基督教會出版的《造洋飯書》中也提到了咖啡。

　　早年咖啡的譯名五花八門，甚至還有「磕肥」的譯法，以咖啡能減肥這一點觀之，倒也頗為形象貼切，可惜未能流傳開來。清末毛元

徵〈新豔詩〉中有「飲歡加非茶，忘卻調牛乳。牛乳如歡談，加非似
儂苦」之說，民初「鴛蝴派」大家周瘦鵑〈生查子〉詞中也有「更啜
苦加非，絕似相思味」，這就又把咖啡與相思、悲苦、離愁等中國文
學中的傳統意象聯繫在一起了。

　　咖啡館在上海灘的出現自然要晚一些。不過，當時英法租界裏
眾多西餐館兼具咖啡館的功能，同樣能品嚐到上好的咖啡，也是不爭
的事實，在陳定山的《春申舊聞》等老上海「經典」中就有具體的描
繪。但咖啡館如雨後春筍般在上海灘大量湧現，大概是上世紀二十年
代末三十年代初的事情，來自南洋的新詩人溫梓川有詩〈咖啡店的侍
女〉：

　　你水盈盈醉人的眼波頻送著你青春的煩愁，
　　你謹慎捧著那玉壺瓊漿擁著你圓滑的纖手，
　　呀，僅僅一杯淡淡的紅色咖啡，
　　我已嚐得是淚海酸波釀成的苦酒！

　　咖啡中無端攝入了你的倩影，
　　我也無端地把它灌入了我的迴腸，
　　啊，醉人的苦酒，悶人的苦酒呀！
　　我消沉已久的心情竟給你湧起了小小的波浪。

　　溫梓川還把這首詩名作為他1930年出版的新詩集的書名。詩人林
庚白寫於1933年的〈浣溪紗·霞飛路咖啡座上〉也云：「雨了殘霞分

外明，柏油路畔綠盈盈，往來長日汽車聲。破睡咖啡無限意，墜香茉莉可憐生，夜歸依舊一燈瑩。」都是極生動鮮明的寫照。

作家與咖啡店

　　田漢1921年創作的獨幕話劇《咖啡店之一夜》，是最早在新文學作品中抒發「咖啡館情調」的。信不信由你，此劇雖寫於日本，背景恰恰是老上海的咖啡館。《咖啡店之一夜》展示的是個性的覺醒，自由的渴望和「新浪漫主義」的體驗和感傷，這就又把咖啡館和文學的現代性訴求聯繫在一起了。到了二十世紀二十年代末，北四川路上有名的「上海珈琲」的開張，更釀成了一場影響不小的新文壇公案，催生了魯迅的名文〈革命咖啡店〉，這「上海珈琲」的老闆不是別人，正是魯迅一再諷刺過的創作「三角戀愛」小說的高手張資平。

　　當然，說到與文學關係密切的老上海咖啡館，同樣是坐落在北四川路上的「公啡」咖啡館也不可不提。這是當年魯迅與「左聯」領導成員和中共地下黨代表秘密接頭商談的一個理想的場所，魯迅日記上有去「公啡」啜飲咖啡的記載，儘管魯迅並不喜歡喝咖啡。「公啡」的地位是如此重要，日本尾崎秀樹在《三十年代上海》一書中討論上海左翼文化時也專門提到它。遺憾的是，當年的「公啡」已不復存在，而今我們見到的「公啡」則是不折不扣的「假古董」。邵洵美、曹聚仁等經常光顧「俄商復興館」，葉靈鳳、施蟄存等經常光顧「華盛頓咖啡」，則又是另外的生動有趣的文壇佳話了。

文學中的咖啡

馬國亮曾在〈咖啡〉一文中寫道，他在當時上海一家咖啡館裏無意中聽到兩位女招待的談話，「她們談得是文藝，國民黨，政治，什麼都談，她們說完了郭沫若，又說魯迅、郁達夫，也說汪精衛、蔣介石」，馬國亮對此頗感意外。其實這是咖啡館文化的題中應有之義。

咖啡館從來就不是單純喝咖啡的地方，而是現代都市中的一個「公共空間」。西諺有云：「咖啡館是新倫敦之母。」十七世紀西方更有詩人寫道：

咖啡和共和國（coffee and commonwealth），

同一個字母打頭，

共同促發了一場革命，

造就了一個國家自由又清醒。

對老上海的咖啡館雖不能這樣評估，但馬國亮的這段記載，也從一個小小的側面告訴我們，當年上海的咖啡館文化是多元的，豐富多彩的，是值得探究的。

如果要問當年有哪些新文學作家、舊派文人寫過上海的咖啡館，那可以開一份長長的令人眼花繚亂的名單。徐訏的《吉卜賽的誘惑》、林微音的《花廳夫人》等等都是。張若谷乾脆以《珈琲座談》作為自己的散文集的書名。孫了紅有名的「俠盜羅平探案」系列也有不少曲折的驚險故事發生在咖啡館裏。至於後來曹聚仁的〈文藝復興

館〉、史蟫（周楞伽）的〈文藝咖啡〉、董樂山的〈舊上海的西餐館和咖啡館〉等回憶錄，更是研究老上海咖啡館文化的珍貴文獻了。

時光飛逝，滄海桑田。上個世紀二十至四十年代上海南京路、霞飛路、北四川路、亞爾培路上各具特色的咖啡館而今安在？差不多都成了歷史的陳跡，有的連斷牆殘壁都未能留下，我們今天只能在作家文人的作品和回憶錄中來尋覓它們，想像它們了。

（2004年9月19日）

附錄：老上海部分重要咖啡館一覽

特卡琴科（Tkachenko） 　霞飛路（今淮海中路）643號	Mars Café 　南京路（今南京東路）147號
文藝復興（Café Kenalssance） 　霞飛路（今淮海中路）791～793號	Choclate Shop（沙利文） 　南京路（今南京東路）229號
DD'S咖啡館 　霞飛路（今淮海中路）813號	DD's Café 　靜安寺路（今南京西路）870號
Macha 咖啡館 　霞飛路（今淮海中路）825號	皇家咖啡館 　靜安寺路（今南京西路）878號
偉多利咖啡館 　霞飛路（今淮海中路）1002號	Chocolate Shop（沙利文） 　靜安寺路（今南京西路）883號
君士坦丁堡（Constantinople） 　霞飛路（今淮海中路）1011號	CPC 　靜安寺路（今南京西路）同仁路口
賽維納 　亞爾培路（今陝西南路）316號	公啡咖啡館 　北四川路998號
Domino Café 　亞爾培路（今陝西南路）330號	上海珈琲 　北四川路（虬江路口）
立德爾咖啡館 　亞爾培路（今陝西南路）376號	

為上海文化史拾遺補闕

　　圖文並茂的《滬瀆舊影》是張偉兄研究上海近現代文化史的心血結晶，是他考稽鉤沉上海近現代文化史料的可喜成果，付梓在即，張偉兄要我寫幾句話，當然義不容辭。

　　猶記二十世紀八十年代中期至九十年代初期，我幾乎每週都要去上海圖書館徐家匯藏書樓「坐冷板凳」，張偉兄就是熱情接待我的工作人員之一。慢慢熟了，查閱報刊之餘，我也常到張偉兄辦公室喝茶聊天。

　　我們有共同的愛好、共同的志趣，大家都愛藏書，都對文學入迷，都致力於文學史料的挖掘和整理，因此，每次見面總有說不完的話題，我們之間的友情也就在這樣天南地北、無話不談的切磋交流中逐步加深。

上海圖書館的館藏是座取之不盡、用之不竭的文化寶庫，張偉兄長期浸淫其中，對中國近現代文學和文化史料十分熟稔，如數家珍，我在研究工作中就經常向他諮詢。如果說這些年來我在現代文學研究上有所長進的話，那是與張偉兄的幫助分不開的。而且，何止是我，海內外許多專家都得到過張偉兄的熱心相助。學子依靠張偉兄的指點，寫出了學位論文；專家憑藉張偉兄的提供，完成了新的著述。如最近廣受學界內外好評的美國哈佛大學李歐梵教授的學術專著《上海摩登》一書，在撰寫過程中就得到過張偉兄的不少幫助。可以毫不誇張地說，張偉兄是上海圖書館近現代文化史料的一部「活字典」。

　　張偉兄自己的研究成果同樣相當可觀，令人刮目相看。他發現了新文學大家巴金、老舍、夏衍等人的「處女作」，從而改寫了他們的創作史；他參與編纂了《中國近代文學大系‧翻譯文學卷》，從而填補了近代文學史料建設的空白；他編成了《獅吼社作品及研究資料選》，從而成為海內外研究新文學重要社團獅吼社的先行者——特別應該提出的是，自二十世紀八十年代後期開始，張偉兄主持了上海圖書館「館藏現代文學珍本期刊編者題記」徵集和研究工作，搶救了許許多多不為人知的現代文學和出版史料，其意義和價值隨著這些編者的相繼謝世而日益顯現出來。

　　大約自九十年代初期開始，張偉兄的學術興趣進一步擴大，他把研究視線投向上海近現代電影、年畫和關於老上海的中外攝影等更廣大同時也更鮮為人知的領域，同樣取得了不容忽視的成就。這部《滬瀆舊影》就是他在這方面研究成果的大彙集、大檢閱。

　　從《滬瀆舊影》中我們可以清楚地看到張偉兄對上海近現代文化

史料作了較為系統的爬梳剔抉、拾遺補闕。上海「舊校場年畫」的來龍去脈、上海也是中國最早的月份牌始於何時、交誼舞在上海的輸入和傳播、上海最早的唱片行、上海最早的照相業、上海何時出現譯製電影、田漢名片《到民間去》的拍攝經過、阮玲玉主演的第三十部電影……這些以往模糊不清、在已經出版的關於上海的各類著作中根本無法檢尋，而對研究上海「現代化」進程不可或缺的重要史實，在《滬瀆舊影》中都可找到圓滿的解答。尤其是對徐家匯土山灣「美術世界」形成和發展的考證，對上海近現代電影雜誌和電影說明書衍變的整理（必須補充說明一點，張偉兄是海內外系統研究上海近現代電影說明書的第一人，電影說明書雖小，文化蘊含卻甚大），更是具體周詳，持論公允，頗見功力。

《滬瀆舊影》發掘的阮玲玉
1929年主演的電影《婦人心》

我想張偉兄無意建構《上海文化史》、《上海文化通史》這樣的大著作，他願意踏踏實實地從原始資料出發，爭取對上海近現代文化史料發掘有

得，整理有序，辨偽有據。他不發空論，不故弄玄虛，不人云亦云，而是堅持「論從史出」，因為他堅信只有這樣才有可能改寫已有的上海近現代文學史和文化史，重繪上海的歷史文化地圖。《滬瀆舊影》對研究上海近現代文學史、戲劇史、電影史、音樂史、美術史、出版史、宗教史、建築史的參考價值是無可置疑的，在我看來，這才是真學問。其實，學問只有真偽之別，絕無大小之分。如果以為只要概念和術語充盈，只要擺出一副學院理論的架勢，就算有了學問，就可唬人，這實在是大錯特錯。這類所謂的學術研究成果，再有厚度，再夠分量，獲獎再多，依然是沒有生命力的。

　　近年隨著「上海熱」的不斷升溫，關於上海近現代文化史的各類著作，包括學術的、紀實的、虛構的等等，已連篇累牘，充斥坊間。但當下的「上海熱」有一個很大的盲區，即對第一手史料缺乏應有的重視，以致許多論述不是生搬硬套西方理論，就是以訛傳訛，以偏概全。《滬瀆舊影》的出版，正可正本清源，在相當程度上糾正這個偏差；《滬瀆舊影》的出版，也說明了一位嚴肅的上海文化史料研究者在學術上的新追求。當我們在書中讀到上海近現代文化史上一件件不為人知的文壇史料、一樁樁久遭湮沒的藝苑故實，就不能不感受到作者為澄清一個個歷史謎團所作的可貴努力。我們真應該對張偉兄表示深切的感謝。

（2002年5月27日）

218

不斷尋找上海，描繪上海

　　在持續升溫的「都市熱」中，「上海熱」是特別引人注目的。因然，老北京、老廣州、老南京、老武漢也頗有人懷念，也頗有人出書，但出版品種最多、數量最大的，則非關於新老上海的著述莫屬。畢竟，三十年代的上海是「十里洋場」、「遠東第一都會」和「東方巴黎」，而今的上海也在努力成為現代化的國際性大都市。

　　近年寫上海的書，據我所見，大致可分為以下幾類：

一、研究上海近現代文化史的。以轟動一時的美國哈佛大學李歐梵教
　　授的《上海摩登──一種新都市文化在中國（1930-1945）》為代
　　表，此書不僅觀點新穎獨到（儘管不無爭議），而且文筆生動活
　　潑，除了學院中人，普通讀者也盡可找來翻翻。這類書還有《上

《城市批評‧上海卷》書影

《上海的紅顏遺事》書影

海酒吧——空間、消費與想像》（包亞明主編）、《城市批評——上海卷》（葛紅兵主編）等，理論上各有創見，都值得關心上海文化研究的讀者注意。

二、抒寫作者個人對新舊上海的所聞所感。這類書以陳丹燕的《上海的風花雪月》、《上海的金枝玉葉》、《上海的紅顏遺事》系列最為著名，但新近問世的王安憶的《尋找上海》和程乃珊的《上海探戈》更為我所喜歡。前者寫下了王安憶所理解的上海和她對普通上海人的思索，感性而又深刻，與她的描寫上海的長篇名著《長恨歌》正可互為補充。後者對「阿飛」、「老克勒」、「白相」等當年上海流行語的解說活色生香，細膩又富有風情。《城市地圖》（金宇澄編）則記錄了主要是較為年輕的一代對五十年代以來的上海的記憶、感受和追問，也十分好看。

三、實用性很強、帶有旅遊指南性質
　　的，如《串吧》、《行走上海》、
　　《上海時尚地圖》、《上海休閒細
　　節》等。這類書文筆都不錯，水準
　　卻參差不齊，寫得好的當然值得參
　　閱，但大都浮光掠影，具有歷史厚
　　度和文化情趣的並不多見。

四、追索性、掌故類的，像《上海閑
　　話》（薛理勇著）、《海上剪影》
　　（鄭祖安著）、《上海：老房子的
　　故事》和《滬瀆舊影》（張偉著）
　　等。這類著作不以理論分析見長，
　　而以考辨有據的史料發掘取勝。上
　　海的過去，從政治到經濟、從社會
　　到文化，從「上隻角」到「下隻
　　角」，在這些書中一一生動展現，
　　引人深思，發人遐想。其中，《銀
　　元時代生活史》和《抗戰時代生活
　　史》（均為陳存仁著），因是個人
　　的回憶錄，更具獨特的史料價值。

　　有趣的是，近來新出的一些書，
都樂意與「上海」沾上邊。像寫京劇大

《尋找上海》書影

《上海閑話》書影

《上海酒吧》書影

《海上剪影》書影

師周信芳女兒周采芹身世的《上海的女兒》，董鼎山的《溫馨上海·悲情紐約》和淳子的《上海閨女》等，書名中都有「上海」兩字，都以上海為招徠，儘管書中所寫未必都與上海有關，可見「上海」的魅力和魔力有增無減。但不管是學術的還是通俗的，理性的還是抒情的，紀實的還是虛構的，只要作者是出於真誠，出於熱愛，出於認真嚴肅的態度，他（她）所寫所研究的上海就值得關注，值得研讀。因為每個人心目中的上海是各各不同的，所寫下的只是他（她）個人對上海的尋找，對上海的再現。有一千個作者就有一千個上海，上海是永遠寫不完的。

（2002年6月16日）

老上海懷舊：片面的時尚

　　當下談論「時尚」必得同「懷舊」緊密相聯。懷三十年代之舊，抒時光倒流之情，也成了一種「時尚」。懷老上海之風彌漫上海和海內外大小媒體，連臺灣、香港的「有識之士」也蜂擁而入，借懷舊開發「時尚」，推動「流行」，一時好不熱鬧。

　　其實，當下這股懷舊潮並非一個統一的整體，老上海懷舊至少交織了懷舊時尚、精英敘事與知識份子話語三種不同的層面，演繹了一種頗為複雜的懷舊政治。如果企圖通過拼湊來重現昔日時光，接軌當下時尚，那就無法捕捉到真正文化經驗中的社會現實的歷史性。說老上海，是夏衍筆下的包身工上海，還是張愛玲筆下的舊白領上海？好

上海的美麗時光

30年代上海南京路鳥瞰

像是，好像又都不是。拙編《摩登上海》（2001年4月廣西師大出版社）問世後，好評如潮，然而人們似乎沒有注意到漫畫家郭建英筆下的時髦男女，風花雪月，遠不是三十年代上海都市生活的全部，更何況作者的筆觸本是調侃的，嘲諷的？

手頭正好有作家邵洵美的一篇舊文〈從時代到裝飾〉，文中提供的1931年初上海時髦女子裝飾帳單，十分具體，也頗為有趣，不妨開列如下：

> 麻洋沙旗袍料，1元5角，做工，1元5角；白洋沙襯裙連工，2元；粉，5角；胭脂，3角；唇朱，3角；絲襪，1元5角；吊襪帶，4角；理髮，1元；高跟皮鞋，6元。——共計大洋15元。

換言之，這大洋十五元就是當時上海灘一位靚女一個夏天摩登夏裝的最為

經濟的開銷。十五元大洋是個什麼概念？查《魯迅日記》，魯迅先生1931年稿費加版稅的收入平均每月742.44元，再查尚未公開的《林語堂日記》，他的一部雜文集《翦拂集》1931年的版稅是二百元大洋，兩相比較，再與當下流行的女性時髦裝飾消費對照一下，不是能悟出一點什麼嗎？

再說咖啡館文化，懷舊時尚是缺少不了咖啡館和酒吧的，當下上海灘赫赫有名的咖啡館就有一家以「1931」命名，而被炒得越來越熱，以複上海弄堂之舊為招徠的上海「新天地」商業區中，咖啡館也與飯店、畫廊鼎足而立。但有誰追問過當時喝一杯咖啡的價格和泡咖啡館到底有哪些人？據「新感覺派」代表作家施蟄存回憶，他當年約請作者到上海有名的DD'S咖啡館和沙利文西餐館談作品，一元幾角便可買兩杯咖啡，消磨一個下午。不但像魯迅、林語堂、郁達夫這樣的大作家，歐陽予倩、邵洵美、葉靈鳳、穆時英、劉吶鷗、張若谷這樣的自由主義文人，乃至後來被魯迅稱之為「四條漢子」的周揚、田漢、夏衍、陽翰笙等等左翼作家，當時都是上海各大咖啡館的常客，有的幾乎「每天必到」。

因此，三十年代的上海咖啡館，除了是外國佬追豔獵奇，年輕人談情說愛，更多的是文人學者談文說藝的聚會之處，議論國事的清談場所，正好在某種意義上見證了哈貝馬斯的「公共空間」的理論。而恰恰是這一點，今天被有意無意地遮蔽了，消解了。當下在上海，去咖啡館被視作一種「時尚」，一種高級或準高級的消費，而與大眾的日常生活基本無涉了。

沒有人懷三十年代上海資訊發達，購買西洋最新出版物極為方便之舊，也沒有人懷三十年代上海文化圈眾聲喧嘩、多元並存之舊，老上海懷舊竟演變為一種高度消費主義的文化現實，一種知識活動的對立物，一種片面的「時尚」和「流行」，真是令人感慨繫之。

（2002年3月23日）

「福德」的書香

　　五年前到日本訪學，驚奇地發現東京、大阪等地許多大百貨公司除了名牌、精品琳琅滿目，令人眼花繚亂，竟然還有舊書店和古畫廊鑲嵌其間，於珠光寶氣中透露出濃濃書香。查當時的日記，1998年2月24日，我就在一橋大學阪井洋史教授的陪同下，到東京池袋的Sunshine City參觀第七屆古舊書大展。東京和外地各大小書店的展臺佔據了該百貨城整整一個樓面，我從上午十一時看到下午四時還沒有看完。那天的收穫是不小的，我淘到了胡蘭成五十年代中期出版的日文著作《心經隨喜》簽名本、中國留日詩人黃瀛的詩文集（影印本），以及佐藤春夫、谷崎潤一郎、永井荷風等日本著名作家的稀見版本等。這種把舊書作為「百貨」之一種，把最不時尚的舊書業與最時尚

的名牌百貨混合在一起招徠顧客的做法，除了日本，在歐美乃至臺港似乎均無先例，當然大名鼎鼎的臺灣「誠品」則又當別論。我不知道這樣做在經濟上是否划算，但至少可以說明日本人確實喜歡書，愛讀書。我曾感慨，我們這裏如果也能這樣做該多好。近年上海文化產業新招怪招迭出，蓬蓬勃勃，唯獨舊書業不斷萎縮，有些難以為繼，不免令人心憂。沒想到現在我的夢想竟能成真。日前有友人見告，四川路上的「福德廣場」四樓新開文化特區，上海圖書公司福德店及其所屬虹口區收藏協會「書友沙龍」和「新世紀小人書屋」均已開張。這倒是件意想不到的新鮮事，「百聞不如一見」，當即決定造訪。

原來，「書友沙龍」主人是我熟識的瞿永發兄。他是1996年上海讀書界評選出來的「十大藏書家」之一，以收藏民國時期的文學和文化書刊著稱，他主持「書友沙龍」當然再合適不過。「書友沙龍」裏陳列的好書還真不少，光緒石印本黃遵憲《日本雜事詩》、《吳宓詩集》、梁實秋批註《西康之神秘水道記》、徐志摩散文集《落葉》初版本和詩集《猛虎集》精裝本、老舍題贈林語堂的《離婚》、線裝本《梅蘭芳歌曲譜》、蘇青《浣錦集》……一些民國珍稀版本是我從事多年現代文學研究還未曾寓目的，這次是大飽眼福了。永發兄在「福德廣場」總經理、同時也是愛書人孫偉時先生的鼎力支持下創辦這個「書友沙龍」，目的就是「為書找朋友，為朋友找書」，為舊書業的振興盡一份力。不消說，「書友沙龍」也努力提供價格幾毛錢、幾元錢的各類舊書，以滿足不同層次的普通讀者的需要。

那天我在「書友沙龍」消磨了一個下午，與瞿永發兄和孫偉時先生品茗談書，展望上海舊書業的前景。在上海舊書業中小有名氣的

劉德華兄（非香港影星劉德華，而是上海舊書行家劉德華）也中途加入進來，大家的話題就更加熱鬧了。永發兄談了很多他的設想和打算，包括不定期地舉辦「古舊書、小人書、特價書交流會」，邀請專家舉行專題講座，在條件成熟時開辦「網上購書」等等。我還得知「書友沙龍」的創辦，得到了北京藏書大家姜德明、秦傑等位的關心和支持。的確，只要是愛書人，不管他人在何方，誰不願意有更多的淘書覓書的好去處呢？

在百貨公司裏開辦舊書店，乍看可能影響百貨公司的正常營業，其實卻是一個創造，是一個關注文化、營造書香社會的新舉措，值得肯定。顧客在逛百貨公司，選購自己稱心如意的百貨的同時，順便到舊書店轉一圈，即不浪費太多的時間，又何嘗不會有意外的可喜收穫？長此以往，潛移默化之中也就培養了顧客的讀書興趣，提升了顧客的文化品味。「福德」的嘗試才剛剛起步，「福德」的書香還不夠濃郁，這正需要全社會的理解和支持。但願「福德廣場」的這一縷書香越飄越香、越飄越遠，吸引海內外更多的愛書人聞香前往。

（2002年4月9日）

上海：
「山水」、「鳳鳴」和「福德」

　　一個現代化的大都市，應該有許多大大小小各具特色的新舊書店，讓讀書人得以流連忘返，讓知識和資訊得以「不脛而走」。這本是都市文化建設的題中應有之義，也是衡量一個大都市文化積累是否深厚的標誌。但是，也許是我的偏見，我不喜歡「書城」、「圖書總匯」之類大而無當的大書店，而對各種個性化、專業性的小書店情有獨鍾。

　　遺憾的是，這樣的小書店在今日上海是越來越少了。猶記九十年代初，上海幾位愛書的友人合夥開辦了一家鳳鳴書店，位於現已高廈林立的申城南市區。除了颱風下雨，我那時幾乎每個星期天都去光顧，先到附近的文廟舊書集市轉悠一圈，收羅幾本價廉物美的民國舊版書，然後就到只有一開間門面的「鳳鳴」小坐。清茗一杯，與店主

鳳鳴書店藏書票：汪曾祺

鳳鳴書店藏書票：孫犁

人海闊天空神聊一通，再翻翻錢鍾書、楊絳、王佐良、張中行、汪曾祺、黃裳、王元化等前輩大家的簽名本（店主人與他們交誼不淺，故能徵得簽名本獨家經營），實在是賞心悅目的美事。

後來「鳳鳴」又代營「新感覺派」代表作家施蟄存所藏的西文舊書，琳琅滿目。我曾帶美國哈佛大學李歐梵教授前去「覓寶」，李歐梵滿載而歸之餘撰文大發議論，批評國內圖書館有眼無珠，不去徵集施老的珍稀藏書。其實，即使收藏了也會流失——前一段，堂堂國立圖書館不是爆出了巴金捐贈的西文書刊慘遭厄運的醜聞嗎？

讀書人辦書店並非像舞文弄墨那麼輕鬆，「鳳鳴」風光一陣之後就壽終正寢了。我還在感歎偌大一個上海竟沒有我中意的個性化書店可去時，長樂路上的「山水書店」悄悄誕生了。這為九十年代上海民營書店業的普遍不景氣增添了一點亮色。「山水」店主何許人也，至今是個謎。很可能是「海歸族」之一員，因為「山水」為讀者購書包紮的繩

索和裝書袋都是用再生紙所制，環保意識如此超前和強烈，殊出我的意外。而「山水」堅持不售暢銷書，堅持獨特的中外文人文社會科學書刊混合陳列的方式，也為我所欣賞。此外，「山水」還是上海灘上第一家只用西方古典音樂作為店堂背景音樂的書店。凡此種種，均使我對之有相見恨晚之感。

然而，曲高和寡，好景必然不長。隨著「山水」新書品種越來越少，我就預感到其經營狀況越來越不妙。終於有一天我再經過長樂路時，發現「山水」的店面已換作一家時髦的「唐裝」店。「山水」步「鳳鳴」後塵，也消聲匿跡了。

無可奈何，我只得繼續在上海灘遊走，找尋我心目中理想的個性化書店。近年來我常去四川北路上的「福德廣場」四樓。「福德」本是百貨公司，但公司經理是愛書人，因此忽發奇想，施出怪招，在公司四樓低價租出若干鋪位給個體書店經營。與「鳳鳴」和「山水」不同，進駐「福德」四樓的幾家個體書店清一色從事舊書業，這當然更對我的胃口。到「福德」坐一坐，喝杯茶，與差不多已成版本學專家的幾位個體舊書店主交換一下舊書資訊，談論一下新文壇舊聞軼事，比較一下稀見的新文學版本書，已成為這二、三年來我逛書店的「必修」功課。諸如張愛玲《傳奇》初版簽名本這樣可遇而不可求的好書，我就得之於「福德」，其間的曲折經過或許可稱得上一部新《傳奇》。沒有了「鳳鳴」，沒有了「山水」，還有「福德」，於我也就心滿意足了。

誰知就在我草此短文之際，又傳來一個壞消息，由於「福德廣場」大樓易主，這幾家小書店也恐將不保，何去何從，尚在未知之

數。這真令人沮喪。西諺云：「我不在家中，就在咖啡館；我不在咖啡館，就在去咖啡館的路上。」對我而言，或可改作「我不在家中，就在書店；我不在書店，就在去書店的路上」。但如果已在海內外小有名氣的「福德」舊書店也不復存在了，上海還有什麼個性化的書店可以吸引我呢？

（2003年4月18日）

上海：逛老城覓舊書

　　如果我也可以算作一個「都市漫遊者」，滬上各古舊書店和古舊書集市則是我「漫遊」必到之地。從1980年代初至1990年代後期，每個週末去古舊書集市成了我授課之外的「必修課」。在這無數次與古舊書親近的「漫遊」中，既有意想不到的驚喜，也留下了不少失之交臂的遺憾。淘舊書的樂趣和惆悵，非親歷者難以體會，也不是三言兩語所能概括的。當年「漫遊」時經常光顧，而今仍然安好的，大致有下列數處：

　　南市「文廟」古舊書市，每週日開放。不論寒暑，大清早乘車遠赴去買門票，等開門，蜂擁而入，爭搶舊書的情景至今歷歷在目。「文廟」當年與北京「潘家園」南北呼應，互相輝映，是上海最為重

要的舊書集散地。我的民國版新文學作品收藏書，約三分之一來自於「文廟」的地攤。當時在「文廟」覓得好書後，或到而今早已關門大吉的「鳳鳴書店」歇腳，喝杯茶，顯顯寶；或去黃裳先生家請他老人家過目，當然大部分不入這位大藏書家的法眼，但偶爾也會得到誇獎，那接下來的一周就會悠然自得了。

瑞金二路410弄3號「新文化服務社」以及隸屬該社的「淘友齋」，也不可不提，我曾經多次引領海內外書友前去淘寶。「新文化服務社」原在長樂路上，遷移至此後「誠信服務」的宗旨一以貫之，出售舊書，無論線裝、民國版、「文革」前版還是舊雜誌，品種豐富，價格還很公道，而且服務主動熱情，能夠想讀者所想，急讀者所急。我與該社「老法師」吳青雲先生還成了「忘年交」。由於該社位於弄堂深處，一般不為人所注意，正應了「酒香不怕巷子深」這句老話。

方浜中路408號「上海舊書店」門市部也值得一說。這方浜中路又名「上海老街」，號稱整舊如舊，其間不少古董相當稀見。但這「上海舊書店」裏卻有許多線裝古籍和民國絕版書，初版本、毛邊本、簽名本之類所在都有，惜大都價昂，不敢問津，飽飽眼福而已。

福州路424號上海圖書公司是上海舊書店的重鎮，上個世紀八十年代就舉辦過數次規模頗大、影響也頗大的古舊書展銷，新文學大藏書家姜德明先生每次都專程從北京趕來，滿載而歸。後來幾經調整，現在該店四樓的古舊書交流中心已經名聲鵲起，此處彙集了十多家各具特色的舊書鋪，不但井然有序，而且各類古舊書刊琳瑯滿目，不乏珍本孤本，只要你有眼力有財力，一定不會讓你失望。

　　不久前魯迅1927年題贈孫伏園之弟孫福熙的《唐宋傳奇集》上冊就在此現身，讓新文學書迷「驚豔」。我上個月也有幸在此覓得顧頡剛《古史辨》初版簽名本。在這裏與「販書人」接觸多了，往往成了朋友，像「雙德堂」主王德兄、「書緣齋」主荀道勇兄等位，都常有交往，使我對「以書會友」的古訓有了新的體會。

　　不消説，滬上淘舊書的好去處遠不止這四處，多倫路文化一條街上，大木橋路雲洲古玩城裏，乃至七寶鎮南東街小小的「同飛書苑」等等，都可能覓得你夢寐以求的古舊書刊，就看各位書迷的運氣和緣分了。

（2005年11月6日）

附錄

咖啡館與上海與我

倪文尖：酒吧、咖啡館是上海出現的新景觀，您是否像很多人那樣，
　　　　將其歸入「時尚」之列？

陳子善：九十年代以來，隨著上海企圖重塑現代化國際大都市的形
　　　　象，酒吧、咖啡館像雨後春筍般林立於上海街頭，有的以懷
　　　　舊為招牌，有的凸現歐陸風情，或優雅溫馨，或充滿動感活
　　　　力。但是從目前上海人的消費水平、消費偏好看，酒吧、咖
　　　　啡館確實是一種時尚，甚至說白領階層、時髦男女、「新人
　　　　類」趨之若鶩，也不過份；但去泡酒吧、泡咖啡館的人，並
　　　　不都是在追求時尚，這也是不爭的事實。以我的觀察，上海
　　　　現在的酒吧、咖啡館可大致分為這樣幾類：一、星級賓館內

咖啡館2

的酒吧／咖啡廳；二、大型商場內的酒吧／咖啡廳；三、高級寫字樓、公寓內的酒吧／咖啡廳；四、衡山路、茂名路、雁蕩路、「新天地」等休閒一條街上的酒吧／咖啡館；五、越來越多地散見於如大學附近等地的酒吧／咖啡館；等等。當然我們知道，現在上海的酒吧、咖啡館還沒有被區別開來，往往是合二為一的，有的下午供應咖啡，晚上就成了酒吧；而酒吧、咖啡館與茶坊三者合一的也不少見。這樣，不同的場所，消費者也不同；去酒吧、咖啡館的人的身份、層次、目的、興趣是很不一樣的，不宜一概而論。

倪文尖：那麼您個人呢？據我所知，您是希望有比較純正的咖啡館的，因為您與咖啡以及咖啡館的「交往史」不算短。能談談嗎？

陳子善：當然可以略微談一談。念中學時對淮海中路上的「老大昌」、南京西路上的「凱司令」印象較深，這些名店不但有美味可口的鮮奶油蛋糕讓人垂涎三尺，還有並不豪華洋氣的咖啡座讓人想入非非，但身為學生，囊中羞澀，不可能進去，在門外偷窺幾眼，滿足一下好奇心罷了。沒過多久，「文革」風暴驟起，將之一掃而空。直到七十年代末，才有極少數幾家咖啡館重現於上海灘，如南京西路、銅仁路口的上海咖啡館，只是室內燈光幽暗，氣氛曖昧，我不喜歡，偶爾才去坐一坐。這以後，隨著學術文化交流頻增，與港臺、海外翩然而至的作家、學者相約聚會，就都在賓館的咖啡廳、百貨公司的咖啡座——我記得，直到1992、1993年，要找另外的咖啡館，還是件難事。我因此逐漸學會了品嚐各種咖啡，鑒賞不同風格的咖啡館，對咖啡文化尤其是中外文人與咖啡（館）的關係，產生了濃厚的興趣。大概和早年的記憶有關，和我喜歡咖啡香有關，也因為我不善飲酒的緣故吧，我是更欣賞咖啡，更願意去咖啡館的。固然，眼下「酒吧」似乎要強勢多了，這從行話「泡吧」中也能夠見出幾分來。這也無所謂，就叫酒吧好了，只要酒吧裏有好咖啡，反正我去了，是喝咖啡的。

倪文尖：上海現今的大部分酒吧、咖啡館都以「懷舊」主題相號召，就您掌握的材料，「上海」與咖啡館的那個「舊」，究竟是怎樣的？

陳子善：以我的瞭解，如果追溯上海的咖啡文化史，最初和咖啡館結下不解之緣的，恐怕還得數中國的一部分新文藝作家。咖啡

館對二十世紀二、三十年代生活在上海、受西方文藝思潮特別是世紀末思潮影響較深的文化人，有很大的吸引力。經常出沒於咖啡館並在小說、戲劇、散文和詩歌中描寫咖啡館的現代作家，可以開出長長一串名單：田漢、郁達夫、張資平、邵洵美、張若谷、穆時英、施蟄存、葉靈鳳、林微音、徐遲、董樂山——甚至還有魯迅，儘管魯迅去咖啡館不喝咖啡，仍啜清茗，儘管魯迅認為泡咖啡館是洋玩意兒，是浪費時間。可惜的很，當時有名的咖啡館，像DD'S，像「沙利文」，像「文藝復興」、「上海珈琲」，而今均煙消雲散，不復存在。魯迅光顧過的「公啡」咖啡館倒是恢復了，我還沒有領略過，不能妄加評論，但從一些介紹看，似也與當時的風貌相去甚遠。

30年代霞飛路上的俄商特卡琴科兄弟咖啡館

當時的作家、詩人和藝術家之所以鍾情於咖啡館，一是咖啡本身的刺激，其效果「不亞於鴉片和酒」；二是有不少人把咖啡館當作激發靈感、寫稿改稿的好去處；三是咖啡館提供了交友會友、談文說藝的地點；四是一些經濟無虞的文化人把上咖啡館作為一種時髦的生活方式；最後，左翼作家和文化人更把咖啡館當作秘密接頭、開會的理想場所。

倪文尖：但有一點倒是今昔一致，酒吧、咖啡館總是同上海最洋派的一群人關係最密切，當年是文人，如今是白領，換句話說，即便在老上海，咖啡館、酒吧確乎也沒有進入普通上海人的日常生活。

陳子善：是這樣。在老上海，咖啡館是與茶樓並存的，但茶樓要遠比咖啡館更深入民眾的生活，郁達夫寫過一篇〈上海的茶樓〉，對此有過精彩的敘說。一般市民顯然更願意接受中國傳統文化風格的茶樓。但我要說的是，對一部分知識份子，特別是有歐美留學背景的知識份子而言，咖啡館就更受歡迎，因為咖啡館與電影院、汽車、跳舞場、百貨大樓、跑馬廳等一起，共同組成了光怪陸離、綽約多姿的都市文化，被看成是現代性的重要標誌。

倪文尖：您最近的英倫之行，肯定沒少光顧咖啡館、酒吧？

陳子善：2000年夏天，我在英國劍橋待了一個月，其間也曾到倫敦和英國南部鄉村小住。那裏給我的一個極深的印象是，無論繁華都市，還是鄉村小鎮，咖啡館到處可見，而且往往佈置雅潔，小巧玲瓏，令人有賓至如歸之感。英國人有喝下午茶的

悠久傳統，咖啡館與小茶室（A litte tea room）合二為一，比比皆是；不過現在咖啡館與酒吧合流，有後來居上的架勢，看來「全球化」無處不在，太厲害了。英國的咖啡館才叫真正進入了日常生活，一杯咖啡，哪兒都是1.5磅，誰都受用得起；同樣一杯「卡普基諾」，味道沒說的，價格卻比上海的便宜，簡直不可思議。難怪每每午後或傍晚，男女老少都來泡一泡，或在露天小憩，一杯紅茶、一杯咖啡在手，翻翻報紙，拉拉家常，其情怡怡，其樂融融。同時，我特別注意到，英國咖啡館、酒吧大都也是充滿了濃厚懷舊情調的，但與上海的那種懷舊（其實是「做舊」，所以多少也「做秀」）不大一樣。英國的許多咖啡館本身就有很長的歷史，在劍橋，一兩百年的咖啡館隨處可見；在倫敦，我還到過《詹森傳》作者鮑斯威爾與詹森首次見面的咖啡館，你到了那裏，思古之情油然而生。

倪文尖：英國是「老牌帝國主義」，是中產階級生活方式最重要的策源地之一，咖啡、酒吧是其題中應有之義；而「懷舊」也許是英國人的一種「集體無意識」，因為遍地都有舊可懷，所以也就無須借咖啡或酒來澆心中塊壘了。這自然和上海這邊不同。我聽您的意思，還是希望酒吧、咖啡館進入我們的日常生活的。

陳子善：簡潔也直率地說，我希望。如果上海人經常可以上咖啡館、酒吧坐坐，會會朋友，就像現在去超市購物那麼平常，那麼日常性，我看沒什麼不好。事實上，超市在十多年前出現的時候，也是時髦人士出入的居多，也似乎可以歸入某種時尚

的。但酒吧、咖啡館的前景就沒那麼樂觀了，起碼目前還看不到這種可能性，因為上咖啡館泡吧太像是一種時尚了，很多人去，不是緣自於自己的需要，內心的需要，是為了趕時髦、趕新鮮，而新鮮感是不能長久的，時尚總要過時，這正是需要我們正視也值得我們討論的。換句話說，如果酒吧、咖啡館真的是我們日常生活的一部分了，其文化內涵和討論空間就反而少了、小了，不知這算不算弔詭的一種。總之，現在拿酒吧、咖啡館來做文化研究，恰逢其時，也大有做頭。

（2001年9月）

附錄

還上海一個多元的面目

記：作為一個研究上海文化的專家，您對上海的基本描述是怎樣的？

陳：我願意用「多元」、「多樣」來描述上海。大家一直都熱衷在
「消費的上海」、「都市的上海」、「時尚的上海」這些方面。
像衡山路、新天地、陸家嘴等地標，其實這些只應該是上海的若
干個點。而且，對上海的描述往往還有一種傾向，即從三十年代
一下子跳到九十年代以後，把當中漫長的一段扔掉了。其實對於
像我這樣年紀的人來說，就是從1949年以後在上海成長、生活過
來的，談上海文化，怎麼能抹掉將近半個世紀的文化變遷？更何
況，現在我們談三十年代，也只是我們的文化想像，三十年代上
海的真實情況和我們談論的肯定也存在差異，很大的差異。所以

我想，不管是從「史」的角度還是從「現實」的角度描述上海，都應該努力把上海的「多元」、「多樣」表達出來。

記：那麼您覺得我們應該採取怎樣一種方式來描述上海的「多元」？

陳：你現在按照郵遞區號的區域來描述上海，應該是一件很有「創意」的工作。我覺得應該把不同區域，以及不同區域裏生活的人對上海、對生活的感受表達出來。這種「感受」就應該是「多元」的。多作一些訪談，各個年齡層次、各種生活狀況都要兼顧。而且，不要急於歸納提煉總結，主要是記錄，真實的記錄，你們自己在記錄過程中的體驗也很重要。

記：你覺得上海的不同區域對上海文化的構成是否很重要？

陳：那是當然。早就有「上隻角」「下隻角」的說法，但是這個概念很籠統，也並不準確。每塊區域內部都有不同。比如提籃橋地區，按照「上隻角」「下隻角」的說法，應該屬於中等還偏下。但就我的瞭解，居住在提籃橋地區的，有很多人的文化層次和趣味都非常高。在「文革」以前，區域差別可能很分明，但經過「文革」，又經過九十年代以後城市大規模動遷改造，那種「上隻角」「下隻角」的二分法就更加不準確了。而且城市區域的文化判斷受人們的觀念影響也很大。比如虹橋古北地區，不少人從狹隘的地域偏見出發，認為那裏是臺灣人聚居區。因此，從區域出發描述上海應該沒有錯，但要注意不要被既有的一些觀念所左右。

記：現在關於「上海精神」有很多討論，對此您怎麼看？

陳：首先我不認為一個城市應該有一個籠統的抽象的「精神」。是不是有「倫敦精神」、「紐約精神」、「巴黎精神」呢？很難歸

納。在我看來，無論什麼城市，特別是現代化的國際性大都市，越多元、多樣越有活力。上海現在努力在向紐約、倫敦、東京這些世界級的都市看齊，而這些國際都市無一不是多元文化交融的結果。從這個角度看，上海目前還不具備多元文化融合的條件。當然有一些苗子，比如很多臺灣人、香港人、「海歸族」和歐美日本韓國人士在上海定居，形成了自己的文化圈子。不少外地人在上海做生意，拼搏，成功，對上海人也有潛移默化的影響。但今後到底會發展到怎樣的結果，現在還很難說，還須觀察。

記：最後請您對我們即將開始的這個「城市地理」專題說一些話吧。

陳：前面說過，主要是記錄，盡可能真實地表達出這個城市裏生活的人們，他們的生活體驗和感受。記錄你們自己聽到看到的，不要急於歸納提煉。美國城市規劃專家沙里寧說得好：「讓我看看你的城市，我就能說出這個城市居民在文化上追求的是什麼。」我想，你們正在做的正是這種讓別人「看看上海」的工作，它對上海的文化研究會是一份很有意義的資料，有助於認識一個全面的多元的上海。

（2003年2月27日）

附錄

好像發自五臟六腑內的共鳴般

鍾文音

　　好像發自五臟六腑內的共鳴般，陳子善先生打從坐在我對面，我即恍然以為某隻遺忘夏天的蟬在中秋時節的某處仍不斷地浮動著腹部的共鳴器。

　　陳子善人雖然極為精瘦，說話卻是聲如洪鐘，甚至有回音之感，我光是聽著，都覺得他說話怎這麼用力啊。後來繼想，其實這是他說話發音位階的習慣問題，我要是像他這樣說話，可能沒兩下就斷氣了。相較之下，我說話他的耳朵便吃力，因為他得努力聽才聽得到。

　　在咖啡館等他，抬頭一見，一個瘦高男子推開玻璃門走進，我旋喊了聲：「陳先生！」陳子善回頭。

上海的美麗

本文作者接受鍾文音採訪時所攝

我們的話題在上海這座城市的新舊中出入，探索三十年代的精神與二十一世紀的上海精神。話題舞臺人物少不了要把張愛玲拿出來搬演一番。這是我見陳子善的主要目的，他對三十年代的老上海與張愛玲很有研究，目前他仍是上海華東師範大學中文系的教授。

鄰座已換了好幾個人，有的是年輕一族。他們可以聽見陳先生昂揚的看法，不過這話題離他們太遙遠。

和別的文化人不同，陳子善對「新天地」並不具好感，「石庫門裏面的生活應該是傳統生活，是那種屬於三十年代的日常生活，可是這裏的設計並非是日常的景點，我個人覺得新天地是為了迎合外國人而設計的，不是針對上海人的。」他說三十年代只留下一個形式，三十年代的精神是自由發揮，呈現東西方多元化特色，可是你看有個東西在上海都還做不到，「三十年代可以在上海和西方同步訂到艾略特的簽名書，現在這些外國書籍和雜誌卻訂不到，三十年代的上海在文化層面上是和世界同步

的，現在上海文化和世界同步的只有網路，除此就沒有了」。陳子善
說在外文書籍雜誌等文化引進上，他覺得香港、臺北比上海好。「現
在上海超越三十年代的東西都是外表的，像是高樓大廈等，但是真正
三十年代好的文化還沒進到上海，上海白領氣息濃厚，可是一個城市
的歷史沉澱很重要，現在老城被拆光了，拆容易，建設不易啊，老百
姓當然歡迎拆遷，但是我很擔心以後的上海所留下的只是九十年代，
三十年代只剩下照片。」

　　陳子善認為外灘建築只是被標誌化的三十年代符碼，「現在進來
的外資都是各國的資本，這些人對上海沒有深厚的感情，只想賺錢，
連打著三十年代招牌的復古風都是為了賺錢。高樓不見得就是繁榮，
這是美國模式的繁榮景象。但是在歐洲，巴黎、倫敦就不會如此，巴
黎人會保留老區古城──這裏拆樓拆得好快，都是強制拆除，人民又
不可能起訴政府。土地是國家所有，所有的地都是向國家租的，有的
外商蓋樓都是向國家批租九十九年的」。

　　提到臺北、上海、香港，他說這三城根本不必比，「都無法取
代的，應該各自扮演各自的角色，香港是中間的角色，而不能否認的
是九十年代的上海，臺北是做了一定的貢獻，早期有代表性的是臺
北的九十年代。1995年以後上海外資才一下子增多，名牌潮流擋不
住，可是我只看到『韓流』、『日流』，就是沒有『中流』。」他看
了一下星巴克咖啡館後說，「我走在階梯上覺得這咖啡館應該是茶館
的味道，可卻變成咖啡館，上海現在很難找到像樣的中式茶館，連鎖
店都沒個性，太單調了，我不反對連鎖，但連鎖店不該消滅有特色的
文化。我不喜歡為了旅遊而弄的東西，可以變調但不能太過分，現在

的咖啡館都沒有三十年代的咖啡館夠味呢！不過都是些趕時髦的，懷三十年代的舊，現在連『文革』都有人在懷舊，懷『文革』的舊實在沒道理。」

懷「文革」的舊，我想起該是失業工人的想法吧，在這裏標語寫著「上崗一分鐘，為民六十秒」，上崗就是去工作，現在當個失業遊民可是很痛苦的。

懷舊潮，我聯想到臺灣也曾經有過非常長的時光追趕著懷舊牛車輪的鄉愁氣味。

「三十年代的精神在張愛玲的作品裏被體現得最具體，現在的作品都是皮毛。」他說，我問到對《上海寶貝》所引起的風潮的看法。書店現下到處都是「寶貝」熱，北京寶貝、廣東寶貝、南京寶貝──清一色的情色初探，喃喃自語，「寶貝」到讓人不知如何「寶貝」起。

陳子善說這些人竄起很快，但問題是出名後跑去寫專欄，耐不住寂寞，而後來的「寶貝」很多都是網路出來的，如果這些作品保留在網路上就很好，回到傳統出書就移了位，「每個東西自己的位置要搞清楚，移位就失去了自己的位置。網路和傳統出版可以交流，但不應該移位，特別是精神不能移位」。

「九十年代年輕人如此無可厚非，我們只能說寫得還不夠入味，但不能說就沒有成功之處，現在的作家要扮演張愛玲是不可能的，才氣不能比，而且上海變化太快，過去『文革』是個巨變，現在又是個巨變，好作品要幾年後才可能出來。」我們續聊到這件事最後被記得的不是作品而是事件，成了「文學事件」。陳子善並提到中國人寫都市生活本來在質量上就少且差，寫農村好的很多，所以上海這一波流行都市生活題材的作品，本來就不易寫得好。」

　　現在張愛玲魂魄重返上海，上海人開始讀她、瞭解她，甚至學她，陳子善卻還是說張愛玲到今天都還沒有得到應有的重視。學術界有重視，但官方卻一向非常低調處理，因為張愛玲寫過被認為是反共的小說。

　　新不如舊，陳子善提到一個和我心領神會的觀點便是：古風不存。「以前清末民初，上海風月場所的女子是需要會彈唱詩詞的，有一定的修養；江南文化的氛圍不只是達官貴人，更多是才子佳人心屬之地，可是現在的男女關係常依附在暴發戶的金錢之下。以前的老上海人對生活物質的追求不是貪得無厭，而是有一定的操守底線，現在卻是想做什麼就做什麼。」

　　一路談下去，他說到文化也批量生產的話就不好了；對書市的看法，他說臺灣比較嚴肅的文學作品很多沒有進到大陸，反而現在來的都是些通俗之作，他覺得很可惜。

　　從書又提到張愛玲，陳子善還是覺得當初張愛玲說成名要早，在當時的氛圍下，她選擇出書是對的，並沒有喪失氣節。

　　就作家而言，張愛玲當然是眾望所歸，但回歸到做一個普通女人的命運，陳子善說張愛玲是不幸的，他認為胡蘭成對張愛玲很糟糕，可是張愛玲對他非常好。但就胡蘭成而言，當時是生存放第一位的，「張愛玲後來對胡蘭成提都不提，她不願意講，也不願意別人講，那表示她化解不開，她傷透了心」。而後來張到美國和賴雅的婚姻也沒有多少好日子過，因賴雅中風都是她在照顧，賴雅過世，她就一個人獨居以終了。她那把骨灰撒向荒原的遺言，充溢著飽滿的孤寂，寡歡而安靜；別人眼中的傳奇，實則於她是如此貼近自己。

「有才華的女性在過去的中國都是不幸的多，像蕭紅也是。」我還聯想到曾經讀過上海美術專科學校的潘玉良的不幸命運，應慶幸自己活在女性自主的年代。這當然是我嫻熟的故事，但在上海聽陳子善激昂的話語，仍是入木三分。「張愛玲後來的作品較少，本來作家寫作就有一定的高峰期，人生是曲線不規則的，作家和運動員一樣，不可能愈寫愈好，有相對較弱的作品出現也是很正常的。」

話語在張愛玲身上總結。

我心愈發安然。鏡頭對著陳子善拍了幾張，我從攝影機看到的臉很立體，臉龐瘦削，骨頭突出，金邊眼鏡下有著細長的眼，這雙眼睛讀得懂張愛玲作品的精髓，體會得出身為一個女作家的哀歡，看得懂這座城市漸漸消殞的三十年代精神。

這雙眼睛所見所聞的標準是既嚴又寬，有情有理。

（2005年2月）

空中俯瞰以假亂真的上海「新天地」

世紀映像叢書

世紀映像叢書

世紀映像叢書

世紀映像叢書

國家圖書館出版品預行編目

上海的美麗時光 / 陳子善著.-- 一版. --臺北市：
秀威資訊科技, 2009.03
　　面；　　公分. --(史地傳記類；PC0069)
BOD版

ISBN　978-986-221-157-1(平裝)

1.中國當代文學　2.文化　3.上海市

820.908　　　　　　　　　　　　　　98000478

史地傳記　PC0069

上海的美麗時光

作　　者 / 陳子善
主　　編 / 蔡登山
發 行 人 / 宋政坤
執行編輯 / 黃姣潔
圖文排版 / 陳湘陵
封面設計 / 蕭玉蘋
數位轉譯 / 徐真玉、沈裕閔
圖書銷售 / 林怡君
法律顧問 / 毛國樑　律師
出版印製 / 秀威資訊科技股份有限公司
　　　　　台北市內湖區瑞光路583巷25號1樓
　　　　　電話：02-2657-9211　傳真：02-2657-9106
　　　　　E-mail：service@showwe.com.tw
經 銷 商 / 紅螞蟻圖書有限公司
　　　　　台北市內湖區舊宗路二段121巷28、32號4樓
　　　　　電話：02-2795-3656　傳真：02-2795-4100
　　　　　http://www.e-redant.com

2009 年 3 月　BOD 一版
定價：320元

讀　者　回　函　卡

感謝您購買本書，為提升服務品質，煩請填寫以下問卷，收到您的寶貴意見後，我們會仔細收藏記錄並回贈紀念品，謝謝！

1. 您購買的書名：＿＿＿＿＿＿＿＿＿＿＿＿＿＿＿＿＿＿＿

2. 您從何得知本書的消息？

　　□網路書店　□部落格　□資料庫搜尋　□書訊　□電子報　□書店

　　□平面媒體　□ 朋友推薦　□網站推薦 □其他＿＿＿＿＿＿

3. 您對本書的評價：(請填代號　1.非常滿意 2.滿意 3.尚可 4.再改進)

　　封面設計＿＿　版面編排＿＿　內容＿＿　文/譯筆＿＿　價格＿＿

4. 讀完書後您覺得：

　　□很有收獲　□有收獲　□收獲不多　□沒收獲

5. 您會推薦本書給朋友嗎？

　　□會　□不會，為什麼？＿＿＿＿＿＿＿＿＿＿＿＿＿＿＿＿＿

6. 其他寶貴的意見：＿＿＿＿＿＿＿＿＿＿＿＿＿＿＿＿＿＿＿＿

＿＿＿＿＿＿＿＿＿＿＿＿＿＿＿＿＿＿＿＿＿＿＿＿＿＿＿＿＿

＿＿＿＿＿＿＿＿＿＿＿＿＿＿＿＿＿＿＿＿＿＿＿＿＿＿＿＿＿

＿＿＿＿＿＿＿＿＿＿＿＿＿＿＿＿＿＿＿＿＿＿＿＿＿＿＿＿＿

讀者基本資料

姓名：＿＿＿＿＿＿＿＿＿＿　年齡：＿＿＿＿　性別：□女 □男

聯絡電話：＿＿＿＿＿＿＿＿　E-mail：＿＿＿＿＿＿＿＿＿＿

地址：＿＿＿＿＿＿＿＿＿＿＿＿＿＿＿＿＿＿＿＿＿＿＿＿＿

學歷：□高中(含)以下　　□高中　　□專科學校　　□大學

　　　□研究所(含)以上 □其他＿＿＿＿＿＿＿

職業：□製造業 □金融業 □資訊業 □軍警 □傳播業 □自由業

　　　□服務業 □公務員 □教職　□學生 □其他＿＿＿＿＿

To：114

　台北市內湖區瑞光路 583 巷 25 號 1 樓

　秀威資訊科技股份有限公司　　　　收

寄件人姓名：

寄件人地址：□□□

- -

(請沿線對摺寄回,謝謝!)

秀威與 BOD

BOD（Books On Demand）是數位出版的大趨勢，秀威資訊率先運用 POD 數位印刷設備來生產書籍，並提供作者全程數位出版服務，致使書籍產銷零庫存，知識傳承不絕版，目前已開闢以下書系：

一、BOD 學術著作—專業論述的閱讀延伸
二、BOD 個人著作—分享生命的心路歷程
三、BOD 旅遊著作—個人深度旅遊文學創作
四、BOD 大陸學者—大陸專業學者學術出版
五、POD 獨家經銷—數位產製的代發行書籍

BOD 秀威網路書店：www.showwe.com.tw
政府出版品網路書店：www.govbooks.com.tw

　　永不絕版的故事・自己寫・永不休止的音符・自己唱